Illustration :
Ryou Mizukane

セシル文庫

ランチボックスに恋を詰めよう

～ツンデレ俳優、唐揚げ最強伝説～

綺月 陣

イラストレーション／みずかねりょう

目次

この作品はフィクションです。
実在の人物・団体・事件などに
一切関係ありません。

ランチボックスに恋を詰めよう

～ツンデレ俳優、唐揚げ最強伝説～

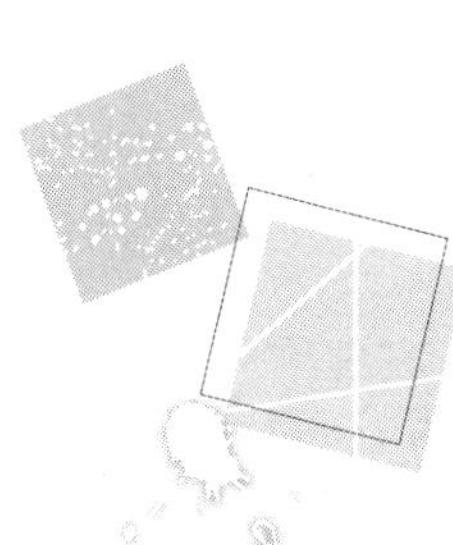

大学四年の小森日向太は、小さな弁当店でアルバイトをしている。テイクアウト専門の二坪ショップで、飲食スペースはない。弁当のサンプルが並ぶショーケース越しに注文を受け、その場で作ってパックに詰めるタイプの路面店だ。オレンジ色の軒先テント……いわゆる雨よけには、黒いペンキで「昭和四十五年創業」と書かれている。西暦にすれば一九七〇年。その古さは言わずもがな。

どこまでも地味な弁当店だが、立地は非常に華やかだ。

なにせ、場所は一等地。テレビ局や六本木ヒルズ至近で、上空に首都高速を臨む大通りに面している。東京メトロ経由で六本木ヒルズを訪れる人々の多くが軒先を行き来するおかげで、一日の売り上げ目標を下回る日は、ほとんどない。もちろん食品ロスもない。

弁当店の屋号は「ＬＵＮＣＨ　ＢＩＸ」。ＢＯＸの誤植かと店長に訊ねたところ、「デカい弁当箱という意味だ」と返され、ＢＩＧとＢＯＸを掛けあわせた造語と知った。名付け親は店長の実父だそうで、この弁当店は店長で二代目になる。

たしかにＬＵＮＣＨ　ＢＩＸの弁当は、コンビニ弁当と比較すれば一目瞭然。パルプモールドと呼ばれる紙容器に、フタが閉まりきらない量の総菜が詰めこまれ、その名に恥じないボリュームだ。企業戦士御用達弁当というあたり、発祥の時代を彷彿とさせる。

大学一年の春にＬＵＮＣＨ　ＢＩＸの前を通りかかり、バイト募集の張り紙を見つけた。『弁当詰めバイト急募』とあり、じつはちょうど六本木で……可能ならテレビ夕陽の徒歩圏内で働きたいなと思っていた。事情は、人には言いたくない。

だから、せっせと揚げ物を作る店長の横顔に、気づけば声をかけていた。「チキンかつ弁当ひとつ」と。欲しいのは弁当じゃなくアルバイト先だったが、味も知らずに働きたいと申し出るのは、失礼かと思って。

熱々のチキンかつ弁当を受けとると、レジ袋の中ではフタの閉まりきらないパルプモールドの隙間から、カラリと上がったカツの端っこが覗いていた。

軽くフタを押さえてみれば、ザクッ……と。うん、いい音だ。衣、パリパリ。油の匂いもカラリと新鮮。これなら気持ちよく働けそうだと、その音と香りで確信した。

バイト希望の旨を伝えると、日本手拭いで頭を覆った筋肉質の店長がニヤリと笑った。

『大学一年になったばかり？　だったら、まるっと三年は働けるな』と。

まるっと三年が経ち、今月大学四年になった。バイトを引退する気は、まだない。

「小森くんはスタイルも顔もいいのに、なんでこんな地味なバイトを選んだんだ？」

「……スタイルと顔がよかったら、地味なバイトはダメすか？」

見た目がいい自覚はあるんだなと、店長が太い眉を下げて笑う。

「戦隊モノの主役みたいな容姿なんだから、カフェとか服屋とか、洒落(しゃれ)た店で働けるだろうに。うちだと頭のてっぺんから爪先まで油臭くなって、女の子が寄ってこないぞ？」

「俺、洒落た店は苦手なんで。油の匂いも気にならないんで。女の子に寄ってきてほしいと思ったこともないので。ていうか、タダで賄(まかな)い食えたら、それでいいので」

　この質疑応答、一日一回ルーティンっすよねと補足したら、「不思議すぎて、つい訊いちまう」と、店長が分厚い肩を竦めて苦笑した。

　定期的に店長が口にするこの質問に、先月から別の問いが加わった。「小森くん、就職活動してるか？」と。

　してませんとボソリと返せば、「終日バイトに入らなくていいから、就活(しゅうかつ)しろよ」と困惑される。そのたびに日向太は、「卒業に必要な単位は取得済みで、ヒマなんで」と返すのだが、この質問も二十回を超えたかもしれない。

「小森くん、大学生活謳歌(おうか)してる？　してない？　ほんとモチベーション低いな」

「だからＬＵＮＣＨ ＢＩＸなんすよ」

　聞き飽きた質問は「適材適所っす」で終止符を打ち、チラリと店長に視線を向ける。無気力・無表情・無愛想かつモチベ低めは自覚しているが、こんなときはちょっとだけ視線に「おねだり」の気配を加味してみる。

「……ここに就職できたら、楽なんすけど」

惰性や怠慢で言っているのではない。無気力ながらも弁当作りに自信があるから、あえて言うのだ。なぜなら作っているからだ。いまや日向太も「真・唐揚げ弁当」を。

あれは昨年の夏だった。前夜の深酒が祟って二日酔いの店長に、昼の分だけでいいから揚げ物を担当してくれと吐きそうな顔で懇願され、代わりに厨房に立ったのだった。

その日にかぎって唐揚げ弁当の注文が殺到し、日向太はせっせと鶏肉を揚げ続けた。もちろん背後で椅子に腰かけ、ぐったりしている店長の指示を仰ぎながらだが、注文を受けてから肉のストックが足りないことに気づき、ひと手間加えることにしたのだ。

玉ねぎのスライスと鶏モモ肉を一緒に揚げて、ボリュームアップを図ったわけだ。割引する旨を客に伝えると「得した」と喜ぶのみならず、翌日また来店し、「昨日の唐揚げ弁当ある？」と再注文してくれたのだ。これには日向太も感激した。

その日からＬＵＮＣＨ　ＢＩＸのメニューに、日向太の真・唐揚げ弁当が加わった。

だから「卒業後は、うちで働け」というセリフを、内心期待していたのだが。

「ここの賃料が高いから、社員雇用は無理」と、遠い目で先手を打たれてしまった。

――――というわけで。

やはり就職活動すべきかと迷う、大学四年の春である。

「ＬＵＮＣＨ　ＢＩＸさんの真・唐揚げ弁当がすごく美味しいって、街の人に聞いたんですよ。軒先で唐揚げを食べるところを、いまから撮影させてもらえませんか？　だってよ」

通話を終えた店長が、ドヤ顔で踏(ふ)ん反(ぞ)り返る。

油焼けした店長の頬が、いつも以上に紅潮している。無表情で無愛想な日向太も、じつは内心喜んでいる。なにせ先方のご指名は「真・唐揚げ弁当」なのだから。

店長と同じく、青海波(せいがいは)紋様の日本手拭いで髪を覆っている日向太は、エプロン代わりのデニムの作務衣(さむえ)が汚れていないかをチェックした。したのだが、払い落とせないほど粉だらけだったから早々に諦め、いま受けている注文を捌(さば)きながら質問する。

「その電話、テレビ夕陽のバラエティ番組っすよね。コロナ禍(か)需要で、テイクアウト店ばかりフォーカスした、個人店舗の救世主っていう……」

「そう、それ。グルメも黙るお弁当、通称・グル弁の撮影依頼だ」

グル弁といえば、放送時は毎回ＳＮＳでトレンド入りする人気番組だ。ドラマや映画の番宣(ばんせん)を兼ねてレポーターが代わるためマンネリ化もせず、話題性や注目度も高い。なにより、値段が手頃で美味しいものは万人にウケる。

「てっきり、打ち合わせありきだと思ってました。マジ突然なんすね」

「突然であり、突然でなし。二〇分後に到着らしい。その注文分が終わったら、すぐに揚げてくれ。念のために二人前な。俺はコロッケで忙しいから、頼むよ」

そう言いながら店長は、流れるような手つきでコロッケを丸めている。近くの会社から夕方の会議用にと、コロッケ弁当二十個の注文が入ったためだ。

ちなみに現在、午後三時半。一日のうちでもっとも暇な時間帯だ。そういうタイミングをあえて狙ってくれたのであれば、気の利く番組だと思う。

「でも、揚げるのはレポーターに注文されてからで、良くないすか？」

文句を言うなと店長に睨まれ、黙って肩を竦める。そして業務用オイルポットの中で転がしている鶏肉がきつね色になったところを網で掬い、揚げ物バットへ移して油を切る。

軒先で待っていた客が受け渡し口を覗きこみ、「いい匂いっすね」と奥の日向太に声をかけてくれる。「最高の仕上がりっす」と、棒読み口調は毎度のことながら、自信を持って返答した。

そして日向太は手を止めず、パルプモールドに白飯を盛る。続いてキャベツの千切りを薄く広げ、その上に唐揚げを五個載せる。個数は、通常四から五だ。肉のサイズによって臨機応変に対応している。

副菜は、うずらの卵の醤油漬けと小松菜のお浸し。箸休めは、きゅうりの紫蘇漬け。最後に、折り畳んだアルミホイルを隙間に差す。唐揚げ用の粗挽き胡椒だ。

こうなると、もうフタは閉まらない。でも常連客はこれこそがLUNCH BIXだと喜ぶから、フタが全開にならないよう帯紙を巻いて輪ゴムで止めた。それをレジ袋に入れ、割り箸とおしぼり、十枚貯めると百円引きの割引券を入れ、受け渡し口で声をかける。

「真・唐揚げ弁当ひとつ、お待たせしました」

千百円を受けとり、店長と声を揃えて「まいど～」と送りだし、歩道へ首を伸ばすと。

白いバンが一台、店のすぐ前……歩道を隔てた六本木通りに寄せて停まった。ハッチバックが開き、数人の男性が機材をおろす。撮影隊の到着だとすぐにわかった。

「来ましたよ、店長」

報告する声が、思いのほか大きくなってしまい、慌てて口を閉じた。バイトという立場にいまさら気づき、早足で奥へ引っこむ……と言っても二坪。隠れるほどの空間はない。

このあとは一切取り乱さず、無表情に徹するぞと心に誓う日向太である。

と、軒先から「あのー」と声がかかった。電話予約の弁当を取りにきた常連客だ。

「ハンバーグ弁当、お待たせしました」

五分前に完成していたそれを店長が渡し、代金を受けとる。撮影っすか？　と訊かれ、みたいっすねと飄々と返す姿は、まるで普段と変わらない。テレビ局が近いため、撮影クルーはよく見かける。店側も客も、こういったシチュエーションには慣れているのだ。

でも電話を受けたときの店長がドヤ顔だった事実は、のちのちネチネチ繰り返してやろうと思う。なにせ日向太がバイトで雇われて以来、初めてのテレビ撮影だ。店長にとっても自慢だろうし、嬉しいから承諾したに違いないのだから。

「うちにもやっと春が来たってか。こちとら昭和創業の老舗弁当屋だぜ？　よくもいままで無視しやがったな」

「……新しい店は映えますから。こちとらなんていう店は、番組的に、どうかと」

「悪かったな、古くせぇ顔で」

「顔の話は、していないんで」

顔と言えば、どんな顔が食レポに来るんすかね……と、コロッケの量産に戻った店長の陰でぼそぼそ零し、ちらちら外を盗み見ていたら。

番組のディレクターらしき人物が店に向かって立ち、機材を担いだカメラマンと、身振り手振りで打ち合わせを始めている。通行人を妨げないよう、交通整理をしているスタッフもいる。

芸能人に慣れた土地柄のせいか、足を止める者は皆無。通り過ぎざまにスマホを向ける程度だ。遠のいたのは客足だけ、落ちつかないのも自分だけ。

「どうもー。先ほどお電話したテレビ夕陽の、グル弁です。ＡＤ(エーディー)の山川(やまかわ)と申します」

軒先に現れたのは、黒いキャップを被ったアシスタントディレクターだ。名刺を店長に渡して挨拶し、撮りたいシーンやカメラの立ち位置をてきぱき伝えている。

ＡＤ山川と店長の会話を盗み聞きした内容によると、まずは軒先でカメラを構え、レポーターが店長に唐揚げ弁当を注文するシーンを撮る。ＡＤのキューを待って、日向太が弁当を詰め始める。その間に店長はレポーターから複数の質問を受け、回答するらしい。

ふたつめのシーンは、店長がレポーターに唐揚げ弁当を手渡すところ。

みっつめのシーンは、レポーターが店頭で弁当を頬張り、コメントするところ。

レポーターの仕事は以上で終わり、すぐに次の仕事へ向かうそうだ。滞在時間約十分というからには、超多忙な芸能人が現れると推察する。先に揚げておく事情が判明した。

レポーターが去ったあと、カメラ班は厨房へ移動する。日向太が鶏肉を揚げる手元を撮ると同時に、店の歴史や思い出について店長が語るそうだ。そして店長が真・唐揚げ弁当を詰めるシーンで、店内の撮影は終了という流れだ。

「先に弁当を食って、そのあと調理場を別撮りか。さすが、グル弁。段取りがいい」

「……質問内容まで決まってるなら、軽いヤラセっすよね」

感じたことをストレートに呟いたら、店長に肘で小突かれ、黙らされた。

「まもなくレポーター入ります。ここからはカメラ回しっぱなしになりますので、ミスがあっても止めずに、カットの声がかかるまで、普段どおりに動いてください。あとで編集しますので。では、よろしくお願いします！」

ＡＤ山川の声に、空気がピリッと引き締まる。

レポーターの対応は店長に一任だから、日向太は奥でコロッケを丸めていればいい。なんなら弁当詰めが終わったら、トイレに隠れていてもいい。いいのだが、場を離れるのは逆に不安だ。とにかく普段どおりに動くしかない。

だが次第に、先ほど揚げた唐揚げのテレビ映りが心配になってきた。もっと大きい肉にすればよかったとか、中まで火は通っているだろうかとか。早めに揚げたせいで、せっかくのザクッと感が伝わらないのではないだろうか……などなど。

日向太の作る唐揚げは、じつは、ちょっと特別だ。

ひとくち大にカットした鶏モモ肉を塩麹（しおこうじ）と生姜汁（しょうがじる）で揉み、冷蔵庫で半日寝かせ、炭酸で溶いた衣（ころも）に玉ねぎのスライスを混ぜこみ、鶏肉にまとわせて揚げるのが基本形だ。

店長が作る唐揚げは、片栗粉をまぶしてカリッと。日向太が作る唐揚げは、天ぷら風の衣でザクザクと。ちなみに日向太の母は、天ぷら粉を溶く際に水ではなく、炭酸水でもなく、父の飲み残しのビールを使っていた。

スライスした玉ねぎを足す理由は、母曰く「かき揚げには玉ねぎでしょ」とのことで、小森家の唐揚げは「天ぷら科・かき揚げ属」に分類されていたと知り、衝撃を受けた。

さて、そんな小森家の家庭の味が、いまや六本木の老舗弁当屋で不動の地位をモノにしているわけだが、なにせ揚げたてではなく弁当だ。時間を置いた状態で食べることは想定内でも、撮影となれば話は別だ。

揚げたての唐揚げをその場で食べる設定だから、ぜひともザクザクと音をたて、視聴者に美味さを届けてほしい。そのためのロケ協力なのだから。

「映え優先で、玉ねぎ多めにすればよかった」

可愛い我が子（注・唐揚げである）の芸能界デビュー（注・食われるだけである）を、もっと派手に飾ってやるべきだったかと迷っていたとき。

ふいに、外がざわついた。

受け渡し口へと顔を向けると、撮影クルーの白いバンに連結するかのように、いつの間にか黒い大型ワンボックスカーが停まっていたのだ。

いま、そこから芸能人が……グル弁のレポーターが降りたようだが、スタッフや機材が邪魔で全景が覗（うか）えない。でも、ちらっと金髪は見えた。おそらく、かなりの長身だ。

数人の女性が、黄色い声を弾ませた。有名人馴れした六本木の、比較的クールな通行人から歓声を引きだすとは。よほどの人気芸能人に違いない。

　コロッケを丸めながらチラチラと盗み見ること数分、ようやく姿を捉えた直後。

「……え」

　手の中のコロッケを、落としかけた。

……あれは日向太が高三の、年始の特別番組だった。テレビ夕陽・開局五十周年記念ドラマ『北の大地』で、酪農を営む家庭に生まれた主人公の親友役で人気に火がついた、いまではテレビや映画、CMにサブスクドラマと、多様なメディアで活躍中の……。

　実力派若手俳優――東郷一城！

　襟足とサイドを刈りあげて、トップにボリュームを持たせたアシンメトリーな金髪に、丸いフレームのサングラス。片耳にカフス、真っ赤な上着。……ということは。

　大型連休に突入する来週末から全国一斉公開の映画、『ダブルガン』の宣伝か。

　少年漫画原作のSFウエスタン『ダブルガン』は、東郷一城の初主演映画だ。

　二丁銃を操る殺し屋、通称・ダブルガン。首に賞金をかけられた彼は、つねに命を狙われている。だが実際は殺し屋ではなく、宇宙軍の特殊部隊から派遣された救世主だった。

地球到達時の衝撃で脳がバグを起こし、記憶喪失となるが、激戦をくぐり抜けるたびに記憶がアップデートされ、真の使命と敵の正体が解明されてゆくのが見所のひとつだ。

悪の元凶と死闘を繰り広げた末、命と引き換えに地球を救う壮大なストーリーで、映画化決定のニュース直後、二十巻からなる原作コミックスの販売部数が、累計八千万部を突破した。もちろん日向太も全巻所有している。

監督や共演者にも恵まれ、前評判もいいと聞く。聞くというか、ソーシャルメディアにプロモーションが頻繁に差しこまれるから、イヤでも脳裏に刷りこまれる。

気づけば日向太の手の中で、コロッケの具が潰れていた。ポリ手袋を填(は)めた指の間から具材がうにょ～と這いだしている。

無言で丸め直したあとはもう、余計なことは考えないよう意識と視線を手元に集めた。

両手を小麦粉で白くしながら、せっせと俵型(たわらがた)に丸め続ける。コロッケといえば小判型を連想するが、俵のほうがパルプモールドに詰めやすいから、店では俵が定番だ。

「このたびは撮影のご快諾(かいだく)、ありがとうございます。俳優の東郷一城と申します」

艶(つや)のある低音ボイスが、いま店長に挨拶した。「知ってます、大ファンです！」と店長が興奮気味に受け答えするが、大ファンにしては一度も店長の口から東郷一城の名を聞いたことがないから、リップサービスか、または一目で墜とされたか。

「ＬＵＮＣＨ ＢＩＸさんの真・唐揚げ弁当が、大評判だと聞きまして」

「そうですか！　いやぁ、とっても嬉しいです。うちの看板弁当です！」

ＡＤ山川が、厨房の日向太に向かって片手を上げた。それを合図に日向太はポリ手袋を新品に取り替え、パルプモールドのフタを開き、しゃもじを手にした。

カメラマンは歩道にいるが、厨房で作業している姿が背景として映るかもしれないから粗相は厳禁。食材を足もとに落としたりしないよう注意を払いながら、まずは炊きたてご飯を盛りつける。

「……ちょい多めにしてやるか」

テレビ映えを意識したわけではない。単に気持ちの問題だ。

続いてキャベツの千切りを敷き、先に揚げておいた唐揚げを載せる。使用している鶏モモ肉は、生姜と塩麹を揉みこんで半日寝かせてあるから、中まで味が染みている。

玉ねぎが衣から剥がれないよう、慎重に詰めること、五個。これだけですでにパンパンだが、いつもの副菜も忘れない。

そして帯紙と輪ゴムを施し、割り箸と割引券と……おしぼりは余分にみっつ入れた。

東郷一城と話を弾ませていた店長が、「注文入りまぁっす！」と、声を裏返して日向太を振り向く。……そんなセリフ初めて聞いたぞ。いつもは「おい」だけだぞ。

「真・唐揚げ弁当、ひとつ！」

「……うぃっす」

弾む声とは対称的に、俯きがちの小声で返し、カメラから顔を背けて手だけを伸ばし、レジ袋に入れたそれを店長に渡した。普通どおりでいいと言われたから、この態度で間違ってはいないと思う。

レジ袋が、店長の手を中継して東郷一城に渡った瞬間、少しだけ緊張した。

レジ袋の中を覗きこんだ東郷一城が、「とてもいい匂いですね。軒先で食べても構いませんか？」と、おそらく台本どおりのセリフを口にした。

熱々ですね、腹が鳴ります、美味そうですね。……事前に用意された言葉を散りばめられても、そこに本心は感じられないし、美味そうには聞こえない。

別に、東郷一城のせいにしているわけではない。庇うわけではないが、東郷一城の演技力は高いと思う。それは認める。

賛辞を素直に受け止められないのは、単に日向太の問題だ。

「衣がゴツゴツして、ずいぶんボリューミーな唐揚げですね。この外側のバリッとした部分、あれっぽくないですか？　来週公開のダブルガンに登場する、敵将ジルドのヘアスタイル。ヒラヒラした感じが似てますよね」

うまいこと番宣ぶっ込みますね～と、店長が大ウケしている。スタッフも笑い声で加勢し、収録を盛りあげている。

ここは自分も笑うべきか、それとも「似てると思います」と賛同すべきか迷いつつ、後者にしようと決めてカメラを振り向いたときにはもう、収録は先へ進んでいた。

フィンガーレスの黒いグローブを装着したデカい右手で、東郷一城がパルプモールドを易々とつかむ。その指の角度すら絵になるのは才能か、それとも鏡の前で練習を積み重ねたのか。

口を使って割り箸をパキッと割り、左手で箸を持ち、「いただきます」と落ちついた声で言って口を開ける。……そう、彼は左利きだ。手が大きくて指が長い。ついでに言うなら身長は百八十七もあって、脚も長い。たしか靴は二十九もしくは三十センチだ。

ザクッと歯を立てる音は、ちょっとだけ聞こえた。音声スタッフが拾ってくれたことを祈る。玉ねぎがしんなりしているのは想定内だ。それはそれで、味が染みて美味いから。

知らず日向太は、作務衣の胸元を握りしめていた。そんなにも東郷一城の反応を知りたいか自分……とセルフで揶揄(やゆ)し、コロッケ作りを再開した直後。

とんでもないセリフが、鼓膜にブスリと突き刺さった。

「言うほど、美味くはないですね」

その場に居合わせた全員が東郷一城の反応に凍りついたと思われるが、それよりも日向太は、自分の行動に驚いた。

コロッケをアルミバットに叩きつけ、東郷一城と店長の間に割りこんでいたのだ。

「美味くないなら、食わなくていいっ！」

気づいたときには、十五センチほど高い位置にある顔を睨みつけていた。

「カーット！」

「……あっ」

カメラが止まり、ＡＤ山川が東郷一城に駆けよる。

「すみません、東郷さん。美味しい顔で、もうワンテイクください」

東郷一城が肩を竦め、了解、と軽く手を挙げる。店長が日向太の肩に手を置き、「お前でも怒るときがあるんだな」と、珍獣を見る目でボソリと零す。

「小森くん、ハウス」

「……うす」

店長に厨房行きを命じられ、猛省しながら引き下がるが、滾った怒りは炎上中だ。

どういうつもりだ東郷一城、味覚がないのか東郷一城、お前の舌は鉄板か！　……言いたい文句は山ほどあるが、声にする度胸はない。珍しく感情が乱れたせいで、バクバクし

すぎた心臓が、いまにも口から飛びだしそうだ。

ディレクターが「嘘でもいいから、笑顔くださーい」と東郷一城に注文をつける。嘘でもいいからだと？　と怒りが再燃するが、もう振り向かない。あんな野郎の顔など見たくもない……と言いつつ、肩越しにこっそり睨んでしまう。

「歯ごたえがあってジューシーで、最高です。噂になるだけありますね」

……完全棒読みで、目だけが笑っている大根役者は、三テイク目へ。唐揚げ、三つ目。

「衣のザクザク感と、玉ねぎのトロッと感、鶏の腿肉はふんわりジューシー。異なる食感が面白いですね。下味は塩麹と生姜ですか？　半端なく美味いです。旨味が口いっぱいに広がって最高です。油も軽くて、何個でもいけますよ」

「さすがのコメントです、東郷さん。目だけでいいから笑ってもらえますか？」

四テイク目もカットがかかり、五テイク目の唐揚げ五個目で、ようやくOKが出た。

……よかった。このままリテイクが続いたら、唐揚げが足りなくなるところだった。あんな野郎のために追加で揚げてやる気にはなれない。

「……唐揚げ五個分、代金払え。唐揚げ五個分、代金払え」

心の中で繰り返し唱える念仏は、撮影隊に聞こえているのか、いないのか。

残りは置いていくかと思いきや、東郷一城は帯紙を巻いて輪ゴムで止め、パルプモールドをレジ袋に入れてぶら提げ、「お疲れさまで～す」と背を向けた。食べ残しを律義に持ち帰る姿勢は褒めてやるが、それ以外はとことん扱き下ろしてやりたい。

さっさと軒先から退散し、大型ワンボックスカーもろとも視界から消えた東郷一城に対して怒り心頭なのは、日向太だけではなかったようだ。

腕組みをした店長が、な、と日向太に同意を求める。

「二度と来なくていいよ、あんな野郎」

と賛同する声が微妙に揺らいだ。百パーセント同感なのに、うす、

「続いて厨房、入りまーす」

ＡＤ山川が声を張り、機材を担いだカメラマンが裏口へと移動する。

眩しいライトがＬＵＮＣＨ ＢＩＸの心臓部・厨房を赤裸々に映す。コロッケのアルミバットは避けておくべきかと焦ったが、東郷一城にざっくり削ぎ落とされた気持ちは戻らず、もういいや……と、揚げる準備に取りかかった。

玉ねぎがいい仕事してますね～とか、これは最高に美味そうだ～とか、ＡＤ山川が絶賛してくれるから、手を動かしているうちに気持ちはゆっくり浮上して、最後にはスタッフの皆さんにひとつずつ振る舞うまでに復調した。

声を揃えて「美味いです！」と喜ばれ、ようやく怒りが鎮火する。

「それにしても収録中は、申し訳ありませんでした」

キャップを脱いだＡＤ山川が、店長に弁当代を支払いながら頭を下げる。「うちの真・唐揚げは、コイツの考案なんですよ」と、店長が余計な侠気を見せるから、日向太にまで謝罪の一礼を見舞われて、いやいや俺はバイトなんで……と恐縮した。

「東郷さん、普段はあんなこと言う人じゃないんです。まだ二十二歳で若いのに、気配りの塊みたいな人で……」とＡＤ山川に言葉を濁され、逆にこめかみが引きつった。普段はそんなこと言わないヤツが敢えて本音を口にしたのであれば、結論としては最悪だ。

「……人気が出たら、舌が肥えやがって」

零れた悪態をＡＤ山川に聞かれた気がして、慌てて背を向け、作業に戻った。

日向太が零した悪態のルーツは、高校時代に遡る。

都内の普通高校に入学した日向太は、毎日のように自作の弁当を持参していた。母がダイエットという明確な理由で、揚げ物作りを「卒業」してしまったからだ。

だが日向太は、母の作る一風変わった唐揚げが大好物。母の唐揚げは、唐揚げ専門店でもお目にかかれない代物だから、「金輪際、揚げ物は作りません」と言われたときは、実際に膝から崩れ落ちた。

この卒業宣言に、なんと父も追従した。最近は脂が胃に凭れて……などと気弱なことを言いだしたのだ。そうなるともう、我が家の味を伝承するのは自分しかいない。

そして思った。弁当なら両親に気を遣わずに済む、と。よって日向太は揚げ物への欲求を自力で満たし、ついでに成長期の食欲も存分に補い、やがて高校三年生になった。

そんな日向太の弁当を、今日もつまみ食いするのは、クラスのイケメン・西藤一城。

高校入学前から芸能事務所・翔プロダクション……通称・翔プロに在籍し、東郷一城の芸名でモデル活動をしていた彼は、高二の夏に出演したテレビドラマの端役で演技の才能を見いだされ、高三に進級するころには、俳優業に重点を移していた。

登校頻度が極端に減った西藤一城は、会えればラッキーのツチノコ状態。たまに授業に顔を見せれば、休憩時間には一瞬で女子に取り囲まれ、ツーショットをせがまれる。

しょっちゅう女子から「一緒に学食いこ」と誘われるも、「トイレ以外は教室から出るなって、校長から言われてるんだ」と大人びた微笑で辞退する。そのくせ日向太が弁当箱をパカッと開くと、瞬時に前席のイスを逆向きに跨いで座り、大きく口を開けるのだ。

「ちょうだい、ヒナ」

「俺は日向太だ。ヒナはテメェだ」

「ピーピー、お母ちゃん、餌ちょうだい。ピーピー」

「図体デカくて可愛くねーし」

「ヒナだって百七十あるだろ？　俺と十五センチしか違わないのに、可愛いじゃん」

「十五センチしかじゃなくて、十五センチもだ。お前に比べりゃ誰だって可愛い」

可愛いけど可愛げはない、と大口を開けて笑うから、唐揚げをひとつ、ボスッと口に押しこんで黙らせる。

ザクザクと噛み、んーっと歓喜で唸った一城が、じつに美味そうに身を捩る。

「うめーっ！　ヒナんちの唐揚げ、最強！」

「俺んちのじゃなくて、いまや俺の唐揚げだし」

「衣がザクザクでスナック菓子みたい。肉が、めちゃ軟らかい。玉ねぎも超甘い」

「衣は炭酸水で溶いた。肉が軟らかいのは麹の力だ。玉ねぎの持つプロテアーゼっていう酵素の働きも、なきにしもあらず」

「プロテアーゼって、肉のタンパク質を分解するんだろ？　それ、ヒナから百回聞いた」

「てことは、一城は百回、俺の弁当を強奪しているわけだ」

強奪じゃない～と再び口を開けて待ち構えるから、今度は卵焼きを詰めてやった。

幸せ～と目を細め、両肘を机について顔を支え、モグモグと口を動かしている一城の姿を、クラスメイトが遠巻きに観賞しながら微笑んでいる。……平和だ。鳶に弁当を攫われる日向太以外は、至って平和で長閑な昼休みを満喫中だ。

自身の胃袋の平和を満たすには、一城の弁当も作ってやればいい。でも撮影や取材で登校しない日もあるから、必要不要がまったく読めない。

かといって、『次の登校予定、いつ？』と個人的に連絡を入れる勇気はない。

一年から同じクラスとはいっても、相手は入学前から芸能人。そもそも日向太は積極的に他人に話しかけるタイプではないし、愛想がいいわけでもない。

幼少期から無愛想だったのかと問われれば、迷わず首を縦に振る。

そもそもが、話し相手の少ない家庭だった。両親は共働きで、兄弟はナシ。祖父母は遠方で滅多に会えない。誰かに話を聞いてもらいたくても、身近に相手がいなかった。

反して、放りこまれた保育園は猿山のように騒々しかった。飛び交う奇声が恐ろしく、登園から降園まで、ずっと耳と口を塞いでいた。あとで知ったがその園は、「開放的」がウリだったらしい。自由と放任を履き違えた、やや残念な保育園であった。

小学校に入学すると、クラスメイトは日向太より、人との会話に慣れていた。まるで数学年上のクラスに放りこまれたかと思うほど、コミュニケーション能力に差があった。

話しかけられるたび、なにか面白いことを言わないと……と焦燥する毎日は、はっきり言って苦痛だった。遊びに誘われても、面倒くささが先に立った。ひとりで漫画を読んでいるか、ゲームでもしているほうが気楽だった。

友達の輪に加わる努力はするが、愛想笑いを浮かべるか、適当に頷くか。ごく稀にヘタな冗談を口にするが、ヘタというよりイタすぎて、そのたびに空気がどんよりした。

声をかけられる回数は自然に減り、誰とも口を利かないまま帰宅する日が増えた。

良かった点は、ここで卑屈にならなかったことだ。

どうやら日向太は、存外に神経が太かったらしい。ある日、唐突に目覚めたのだ。「無理して合わせること、なくね？」と。

面白いことを言う必要、なくね？　だって俺、お笑い芸人じゃねーし。

無理して喋ること、なくね？　そもそも愛想笑い自体、相手に失礼だし。

それに気づいたあとは、自然な流れで単独行動を好むようになった。

ケンカをしたわけではないから、小中高ともクラスで孤立はしていない。自分にとって楽な状態を追求した結果の、心地よい自立だ。

結論。ひとりは楽だ。

コミュニケーション能力は、漫画やゲームの世界でも身につく。そこから得られる能力は、生きていく上で最低限の分量かもしれないが、たいした問題ではない。

対人関係のプレッシャーから抜けたら、会話に対する気負いがなくなり、逆に軽口程度なら普通に交わせるようになったころ――。

クラスメイトの西藤一城が、横からニュッと顔を出したのだ。「美味そう」と。

あれは一年の九月初旬、中間テスト初日の、昼休みの教室。いつものようにひとりで昼食を楽しむべく、弁当箱のフタを開けたときだった。

強烈なインパクトを放つ瞳を直視した刹那、時間が止まったような気がした。

開けっ放しの窓から射す陽が反射して、キラキラ光って、妙に印象に残っている。

再び時間が動きだしたときにはもう、西藤一城は日向太の向かいのイスを跨ぎ、頬杖をついて笑っていた。……もちろん日向太は笑わない。愛想笑いはしないから。

「……なんか用？」

「うん。お前の弁当、すげーいい匂いする」

「それ、用じゃなくね？」

返したら、目を丸くして笑われた。

実際に西藤一城はよく笑う。メディアをとおした東郷一城は年齢よりも大人びて、含蓄（がんちく）のある言葉を口にする、いい意味でエッジが効いたクールな印象の持ち主だ。だから教室にいるコイツは本物じゃなく、そっくりさんかと、たまに本気で疑いを抱く。

たかが数限の滞在に、きちんと制服を着て登校するのは、よほどの学校好きか。耳朶(みみたぶ)に開いた複数の穴にも、メディアで見かけるピアスはひとつもない。

「ショートブレッドとトレードしよ。それ唐揚げ？　鶏天(とりてん)？　俺、鶏肉好き。超好き」

好き好きと連呼(れんこ)する無邪気さに呆れ、普段は封印している会話を交わしてしまった。

「お前の昼飯、それだけ？」

　掌サイズの赤いパッケージに顎をしゃくると、うん、と明るく返されたが、どう見ても足りない。これで腹が膨れるのだろうか。

　そのガタイで？　と均整のとれた立派な体格を指すと、「小腹対策」と返された。

「たまに、急に現場へ呼び出されるときがあるから、弁当買っても食いそびれたり、腐らせたり。そういうことが続いてから、機能性と実用性重視でコレに落ちついた」

　弁当大好き人間の日向太にすれば、同情に値(あたい)するエピソードだ。

「……しゃべるの初めてだよな。下の名前、ヒナタだっけ。暖かそうな名前」

「ヒナタだけど、性格は寒くて暗いんで。俺に近寄ると風邪ひくぞ」

　ほかのクラスメイトにスルーされた自虐的(じぎゃくてき)自己紹介を、つい口にした。

　やや切れあがった二重瞼が、まん丸に見開かれる。……またやってしまった、言わなきゃよかったと後悔したのも束の間、驚いたことに西藤一城が噴きだした。

言うに事欠いて、「お前、めちゃくちゃ面白いな」と。

「……面白いって言われたことも、思ったことも、一度もねーし」

「いや、充分面白いって。少なくとも俺は本気で噴いた」

唐揚げ欲しさに、祭りあげられているとしか思えない。

ショートブレッド半分でいいよと妥協すると、二本入りのうちの一本を弁当箱のフタに置いてくれた。これで権利を得たとばかりに、あーんと大きく口を開ける。

あーんと言われれば、食べ物を突っこんでしまうのは条件反射だ。

「あ、衣ザクザク！　すげー美味い！　味に妙なパンチがある。にんにく？」

「にんにくは使わない。教室が臭くなるから。基本は生姜と塩麹」

「へー。あと、外側にくっついてるやつ、甘い。これ玉ねぎ？　なんで？」

「なんでって、衣に玉ねぎのスライス混ぜて揚げてるから」

「揚げてるからって、もしかして、お前が？」

頷いたら、西藤一城がポカンと口を開けたから、追加の唐揚げを押しこんでみた。

餌付けしたつもりは、まったくない。

だがそれ以来、弁当をつつきあう……つつかれる仲になった。

あれから二年、高三の秋。年月だけを数えれば、結構長いつきあいだ。

でも、相手は登校したりしなかったりの芸能人。登校しても数限だけなど、超短時間の滞在だから、実質は半年程度の、非常に短い関わりのような気もする。

そんな一城に、昼食について意見したこともあった。「俺の弁当をちまちま食うより、コンビニ弁当をガツッと食うほうが、腹が膨れるだろ?」とか、「女子がお前のために、弁当班を立ちあげるっぽいぞ。注文してやれば?」とか。

すると真顔で返された。「この世で一番美味い唐揚げを、俺から取りあげる気?」と。

ありがたくも独特な味覚に、それ以降は昼食の提案を放棄した。

そういえば一城は、茨城県からひとりで上京したと聞いている。持参する昼メシも、いまだにショートブレッドひと袋だ。単純に、家庭料理が恋しいのかもしれない。

だからいつも不意打ちで、ふたりで分けあう羽目になる。……箸? 自分のぶん以外にもう一膳用意してしまったら、一城がつけあがるから、そんな軽率な真似はしない。

でも、悪い気はしない。それどころか、懐かれているのを嬉しく思う。

小さな机で額を突きあわせ、一膳の箸で交互に唐揚げを頬張る一城の、無邪気で無防備な表情は、メディアでは絶対に見せない素の顔だ。

クラスメイトでさえ、正面から見つめあうことはないだろう。日向太しか知らない顔と距離感だ。悪くない理由は、相手が芸能人だからではなく、一緒にいて楽だからだ。

初めての友達……と言ってしまっても、間違いではないと思う。

「食欲って、嘘つかねーよな」

自分の取り分であるショートブレッドをかじりながら言うと、「どういう意味？」と訊かれたから、かじりかけのそれで一城の鼻先を指した。パクッと食われそうになり、慌てて引っこめる。

「教室で弁当食ってるお前、普通のクソガキ。メディアが伝えるキャラと全然違う」

あー、と一城が呑気に眉を下げる。その左手には、当然のように日向太の箸だ。

「たしかに違うね。よく社長から注意されるんだ。お前は外見とは逆で甘ったれだから、実年齢より三歳上を意識した発言を心がけろって」

「そのままのお前じゃ、マズいの？」

「うん。地のまんまの甘えたがりで定着したら、役者としては不利らしい。幅広い役を演じたければ、まずは外見のイメージでブレイクしろって。そのあとは実績が、お前を自由にしてくれるからって。……すごく響く言葉だけど、人格バグりそうになる」

だから、ずっと演技してる感じ……と肩を竦め、「最後の一個もらっていい？」とレンコンのチーズ焼きに箸を伸ばす。シャクシャクといい音を立てながら、「これ歯触りがよくて好き～」と目を細める姿は、家族でいえば末っ子タイプだ。

「とにかく、社長の要求には素直に従うよ。ブレイク後は自由に振る舞っていいそうだから、大ブレイクを目標に、いまはひたすらクールに徹する」

ヒナの前ではグダグダだけどね……と、食べかけのレンコンのチーズ焼きを「半分こ」と言って日向太の口に押しこみ、「ごちそうさま」と嬉しそうに目尻を下げるイケメンは、間違いなく甘えたがりの依存体質だ。

「ブレイクと見なされるボーダーラインって、どこ？　SNSのフォロワー数とか？」

「うん、百万以上。それプラス連続ドラマの主演か、映画の主演。ハードル高いよね」

それはハードルというより壁か山だが、一城なら短期間で越えられると思う。

「アメコミとか少年漫画のヒーローとか、お前にぴったりじゃね？」

一城の手から箸を取りあげ、弁当箱ともども保冷バッグに片付けながら意見すると、マジ？　と一城が目を瞬いた。「俺の性格、甘ったれだよ？　守ってもらいたいほうだよ？」と真顔で疑問符を飛ばすから、言った側の責任として、感じた理由を補足する。

「長身のシックスパックでも、大抵のヒーローって優しいじゃん。弱者の痛みがわかるっつーか。そういう系なら大暴れもできるし、ストレス発散で一石二鳥じゃね？」

「……社長に要望出そうかな。ヒーロー役のオーディション受けたいって」

「いいと思う。でも俺は無責任だから、メンタルが保たずに泣いても知らん」

無責任がすぎる！　と一城が笑う。そして少しだけ遠い目をして言ったのだ。「いつか、強くて優しいヒーローを演じてみせるよ」と。

でも、こうして間近で見ているからこそ日向太にはわかる。

一城は、きっとブレイクする。近寄ることさえ叶わないような、トップクラスの俳優の仲間入りを果たすだろう。

差し向かいで弁当を食った日が一生の思い出になるほど、遠い存在になるだろう。

だから日向太は、貴重な思い出を詰めるように、毎日弁当を作り続ける。

確実にふたり分はある唐揚げを、弁当箱に詰めて持参した日。

テレビ夕陽の開局五十周年記念ドラマ『北の大地』に、一城が出演決定という朗報が、校内を駆け巡った。

ロケ地は北海道。主演ではなく脇役だが、かなり重要なポジションだそうだ。まだ秋が始まったばかりなのに、現地で撮影に入るべく繰りあげ卒業が決まった……らしい。

ふぅん、としか言えない。芸能人とはそういうものだと思っていたから、驚きも衝撃もない。そもそも日向太は沸点が高く、テンションが低いから、反応の薄さは仕方ない。

ただ、心に穴が開いたような気は……した。

四限目の終了と同時に、クラスメイトに別れの挨拶をした一城を、日向太は無視した。

みんなは口々に「おめでとう」とか「ずっと友達でいてね」とか、「応援してるよ」とか
……号泣している女子もいて、柄にもなく感情が揺さぶられた。

周りにつられて泣くなんて、恥ずかしすぎる。だから奥歯を噛みしめて懸命に耐えていたのに、察してくれない一城は、まっすぐこちらへやってきた。

そして言うのだ。腹減った～と。かっこいいのに無邪気で、クールを装いながら本音はデレデレに甘ったれな……ひと言でいうと、最高に魅力的な表情で。

「今日の弁当、なに？　いつもの唐揚げ？　当たり？」

勝手にはしゃいで目尻を下げ、甘い声で「ショートブレッドとトレードしよ」と、定番のセリフでせがまれたとき。

日向太は弁当箱を――保冷バッグごと一城に押しつけ、教室を飛びだしていた。

それ以来、一城に会っていない。

メディアでは、鬱陶（うっとう）しいほど目にするのに。

「……なんつーか、上の要望どおりのキャラに仕上がったな、アイツ。ＡＤさんも、アイツのほうが絶対年下なのに、すげー気ィ使ってたし、どこまで態度デカいんだ」

　閉店時間の十九時半が近づいても、昼間の撮影の一件で日向太の怒りは収まらない。呪詛に似たひとり言も、止まらない。

「雛みてぇに餌を欲しがった昔の面影、全然ねーし。目が合ってもシカトだし。忘れられても別にいいけど、あんな完璧に忘れるか？　やっぱ芸能界って怖ぇよ」

　普段、感情を乱される事象の少ない生活を送っているため、久々の動揺で血が巡りすぎて、文句の旋回が止まらない。だが、こんな場合でも時給は発生しているから、口も動かすが、手も動かす。

　今夜は早々に食材が切れたため、十九時過ぎには火を落とした。先に退店した店長の代わりに掃除を済ませ、作務衣を脱ぎ、自分用の弁当を用意していたら。

　受け渡し口に、人影が立った。

「すんません、もう完売で……」

眇めた直後、「え？」と目を剥いた。

図々しくも「あーん」と口を開けているのは、巨大雛鳥！

「ヒナぁ～、腹減ったぁ～。ヒナの唐揚げ食いてぇよぉ～、ピーピー」

昼間のクールキャラは、どこ行った！　どこへ置き忘れてきた、東郷一城！

「ヒナのビックリした顔、初めて見た」

顎外れてるよと指摘され、慌ててパフンと口を閉じる。

「そんなに驚いた？　昼間会ったばっかじゃん」

「驚くに決まってるだろ。なにやってんだ、お前」

「なにって、弁当箱を返しにきたんだ。高三のときに預かったままだったから」

はい、と受け渡し口から突きだされたのは、見覚えのある保冷バッグ。一城が高校を去る日に、押しつけて逃げた……アレだ。

「……なんで持ってんだ、お前」

「なんでって、預かりものだから保管してた。マンションまで走って、とってきた」

聞きたかったのは、どっちの答え？　と質問され、黙って睨み、黙って受けとる。

なにその態度～と、窓口に両肘を預けて一城が口を尖らせる。

「今日のロケで行った弁当屋、店員の態度に難ありって暴露しちゃおっかなー。俺のSN

Sの総フォロワー数、今朝の時点で二百五十万人突破だけどー」

「……脅迫（きょうはく）かよ」

「それより俺、息してるだけで目立つんだけど。さっさと厨房に入れてくんない？」

……確かに目立つ。ほぼ九等身の、身の丈百八十七センチ。夜なのに淡い色のサングラスで目元を隠し、派手な色の髪を立たせ、おまけに北欧の血でも混じっているのかと思うほど整った美形。……純日本人なのは知っている。

「目立つのがイヤなら、そんな生肉色のコートなんか、着なきゃよくね？」

「生肉じゃなくてクリムゾンレッド。コートじゃなくてロングのフーディ」

　ああ言えばこう言うところは、高校時代と変わらない。『普段は、あんなこと言うタイプじゃないんです』と、一城を善人認定しているAD山川に、このヘラヘラしたお調子者（ちょうしもの）ぶりを見せてやりたい。

　日向太は脇のドア……昼間にテレビ局のクルーたちを招き入れた厨房のドアを、無言で示してやった。折れたわけではなく、屁理屈（へりくつ）の得意な人間の相手に疲れたからだ。

やった！　と関門突破を喜びながら一城が入ってきた。蛍光灯の真下で見るクリムゾンレッドのロングフーディは、長身ゆえに生地の量も半端なく、鮮やかすぎて目が痛い。

「お前のせいで、厨房が食肉処理場に一変した」

ブツブツ言いながら、自分の夕食用に詰めた弁当箱を開けた。割り箸を下ろすのは勿体ないから、指で唐揚げをつまみ、口元へ差しだしてやる。

池の鯉みたいに大きな口を開けた一城が、待ってましたとばかりに食らいつく。そして言うのだ。「やっぱヒナの唐揚げ、最強！」と。

そんなセリフを、そんな嬉しそうに言われると、曲がったヘソも渋々戻る。

「あー、美味い。このザクザクした歯ごたえ、超懐かしい。俺の人生でナンバーワンの唐揚げ。外側にくっついた玉ねぎも懐かしすぎて、美味すぎて泣ける」

もぐもぐと口を動かしながら満面の笑みで言われたら、知ってる、と返したくなる。

この一城なら、よく知っている。高校生活の昼休み、一城が登校した日は毎回、至近距離で独占していた顔だ。……独占したかったわけではない。あくまで不可抗力だ。

それにしても好物を食べる姿は、昔と同じだ。あの教室に戻ったかのような、妙な感覚が蘇る。ここに立っている長身は東郷一城ではなく、本名の西藤一城に近い。

名残惜しそうに頬を手で押さえ、うっとりした顔で食べ終えた巨大雛鳥が、目をキラキラさせて「お代わり」を要求する。仕方なく日向太は二個目を口元へ運んでやった。

嬉々として待つ口の中へ一番大きな唐揚げを押しこむと、最大限に目尻が下がった。

「……お前さ。撮影のときと、キャラ変わりすぎ」

「ヒナの前で、かっこつける意味ねーもん」

「てことは、テレビやネットで観るお前は、かっこつけてるわけだ、未だに」

「うん、すげーかっこつけてるよ、未だに。……今日の食レポも、映画のキャラのイメージや口調を意識してコメントしてた。結構よかっただろ？」

「ラストテイクのコメントだけは、褒めてやる」

無意識に身を引いて一城の視界から弁当箱を遠ざけたのは、危機回避だ。でも目の前から弁当箱を退けても、まだ視線で追ってくる。これ以上食われてなるものか。

「撮影のあと持ち帰った白飯、食わなかったのかよ」

「白飯なら、副菜と一緒に食ったよ。アルミホイルの塩胡椒も振って、一粒残さず全部食った。多めに詰めてくれたのかなって感じたけど、当たり？」

「まぁ、お前が食い意地張ってるの、知ってるし。カメラの前で、少ないとか文句言われたくねーし」

さすがヒナ！　と手を叩いて喜んだあと、それでも腹が減るんだよーと両肩をつかんで前後に揺さぶられた。しつこい！　と突き放せば、今度は眉を下げて泣き落としだ。

「それ全部、ヒナがひとりで食うの？　狡い」

一方的に悪者扱いされ、「これは俺の賄いだ」と正当性を訴えたら、「俺にも賄い」と食い下がられて閉口した。ガキっぽさに呆れて肩を落とし、ため息をついて一城を見あげる。

一城も、おねだりの顔で日向太を見おろしている。

見つめあっているのが可笑しくて、日向太はさっさと白旗を揚げた。それでも言いたいことは言うし、訊きたいことは訊いておく。

「だったら昼間、なんで美味くないって言った？　さすがに、あれはムカついたぞ」

「だってこの店、少人数で回してるっぽいからさ。店長とヒナだけだろ？　人気が出て忙しくなったら逆に困るだろ？　俺みたいに」

目をパチパチさせ、愛くるしさで対抗された。厭味か、と歯を剥けば、厭味だよ、と似たような顔で言い返してくる。そのうえ、こんな本音を補足するのだ。

「弁当のフタを開けた瞬間、デジャヴった。この匂い、知ってる！　って。で、食ってすぐ確信したよ。これはヒナの唐揚げだって」

「……マジ？」

「マジ。だから俺、ヒナが目の前に現れても驚かなかっただろ？　それより揚げたてを食えるなんてラッキーだから、再会の喜びより、そっちに感情をシフトしたんだ」

俳優だからと、とっさの機転を威張ってみせる。

「渋キャラをキープするの、苦労したんだぜ？　もしワンテイクでオッケー出たら、残りは持ち帰りだろ？　でもまだ温かいから、その場で全部食べたくて、それでラスイチまで引っ張ったんだ。さっきヒナが褒めてくれたラストテイク、あれが俺の本音だよ」

「再会の喜びより、食欲が勝ったか」

「演技力の勝利って言って。……俺、ヒナに怒鳴られたときも、ずっと心のペンライト振り回してたんだ。俺だよ、ヒナ。気づいて、ヒナって。顔には出さなかったけど」

「……お前ってことくらい、見ればわかるし」

呆れてボソリと返したら、両肩に腕を乗せられた。そして日向太の弁当をつまみ食いしていたころのように、額をグリグリ押しつけてくる。相変わらず距離感がおかしい。

「久しぶり、ヒナ」

そんなふうに懐かれたら、ふたりの関係性は高校時代へ逆戻りだ。

長閑(のどか)で退屈な昼休み。小さな机で向きあって、一膳の箸で弁当をつついた仲だ。

そんなことをした友人は、後にも先にも一城しかいない。それは一城も同様だ。

「……だな。久しぶり」

クラスメイトと同列ではなく、ちょっとだけ……ほんの少しだけ、みんなより距離が近かった。そういう意味では特別な友人だ。

「元気だった？　ヒナ。背、少し伸びた？」

「二センチな。お前もだろ?」

「うん。じゃあ俺たち、相変わらず十五センチ差だね。……なぜ知ってるの?」

「なぜって、あー……、前にお前がテレビで言ってたから。二センチ伸びたって」

「……俺の出演番組、チェックしてくれてるんだ?」

「チェックっつーか、粗探しな。コイツ、俺の弁当食ってたときと全然違う、猫を被るにも程がある、化けの皮が剥がれる瞬間を目撃してやる、って悪態つきながら観てる」

真顔で返したら一城が笑った。額が何度も優しく触れあう。

ふたりの間にあるのはタイムラグではなく、あの日と同じ唐揚げ弁当。当時と同じで無愛想な日向太と、感情表現が豊かな一城だ。

甘えたがりを隠しもせず、一城が両腕を広げた。

日向太は弁当箱を持っているから、片腕だけを差し伸べた。

再会のハグは、双方無言。ただひたすら、互いの背や肩を叩きあった。

食い足りない――と、一城が言った。

どっか食いにいくか? と訊ねると、無理、と苦笑で即答だ。

「すぐSNSで拡散されるから、行動制限かけられてる。佐久間さんから」

「佐久間さんって誰」

「俺のマネージャー」

あの人、と一城が言って、受け渡し口を親指で指して――――。

うわっ！　と声をあげてしまった。すでに照明を落としたそこには、地味なスーツに、これまた地味な色のネクタイを締めた眼鏡の瘦身男性が、無言で立っていたのだ。

そよ風が吹けば倒れそうな、突風を受けたら飛ばされそうな弱々しい立ち姿に、つい「すみません、一城を待ってるんですよね？」と先回りで謝ってしまう。

佐久間がヘラ～ッと笑い、いえいえ～と顔の前で片手を振る。

「こんな可愛らしい一城くんを見られるなんて、眼福です。このあとは、明日の朝六時まで仕事が入っていませんし、僕の車で一城くんを、ご自宅まで送るだけですから」

ごゆっくりどうぞ～と再会を見守る声は、か細く、儚く、弱々しい。一秒でも早く佐久間を休ませてやらなければと、妙な責任感が湧いてくる。

「一城、もう閉店だから帰れ。厨房の電気消すぞ」

「食い足りないという俺の主張は？」

「そんなもん知るか。自宅に帰って適当に食え」

「俺がいま食いたいのは、ヒナの唐揚げ。ヒナの唐揚げ。ヒナの唐揚げ」

「連呼しても無理。もう揚げ油、冷めたし」

食いたいよぅと背後から抱きつかれても、無い袖は振れないと断ろうとしたのだが。

「俺んちで揚げて。鍋も油も揃ってるよ」と、なんでもないことのように一城が言った。

「ふたりまとめて送りますよ～」と、佐久間が一城の希望を後押しする。ほかのなにを蹴散らしても、自社タレントの機嫌を優先するタイプだ。

俺も行くんすか？　と、思いきり迷惑な顔を向けたら、一城にポンと肩を叩かれた。

「佐久間さん、かなりお疲れだから。早く帰してやろうぜ」

お前が言うな!!


仕方なく、日向太は店長に電話を入れた。

「下味つきの鶏モモ肉二人前と、玉ねぎ半分と粉と米二合。あと、炭酸一本の買い取り、いいすか？」

『ああ、構わねーよ。漬けだれに肉だけ補充しといてくれ』

ということで、ほどよく味の染みた鶏肉を、約三年半ぶりに戻ってきた弁当箱に詰め、代わりに生のモモ肉を二枚、一口大にカットしてポリ袋に入れ、揉みこんだあとは。

制限速度を厳守する佐久間の超安全運転で、一城の自宅へ連行された。

一城のマンションは、ＬＵＮＣＨ ＢＩＸから車で五分の近距離にあった。

六本木通りを渋谷駅方面へ直進、徒歩で三十分程度か。そのうえ日向太が在籍する大学の正門まで、五百メートルちょいという事実に驚く。十七階までエレベーターで移動する距離は、もちろん省いたうえでの話だ。

「めちゃくちゃ俺の生活圏内……」

「結構近くにいたんだね、俺とヒナ」

縁だね、と微笑む一城に、腐れてるほうの、と補足したら、声をあげて笑われた。

ひとつのフロアに二世帯のみの高級マンションは、アプローチに柵があり、隣が見えない構造になっている。プライベートが死守された住居の玄関に足を踏み入れ、まずその広さに放心した。日向太のアパートのキッチンと、いい勝負だ。玄関なのに。

「左の壁面、全面シューズクローゼット？　お前、足何本あるんだ。タコかよ」

相変わらず毒舌！　と、大ウケしながら「あがって」と促され、スニーカーを脱いだ直後に躊躇した。自分、靴下まで唐揚げ臭いんだが……。

日向太の戸惑いに気づいた一城が、扉を押して開くタイプのシューズクローゼットからスリッパを取りだし、足もとに揃えてくれる。

「それ履いて。佐久間さん用」

「揚げものの匂い、移るけど」

「客用スリッパ、一足だけなんだ」

間違えて食うなよ？　と返したら、また笑われた。笑いすぎだ、コイツ。

佐久間さん失礼します……と心の中で断ってから、スリッパを借りて最初のドアをくぐってみれば。

「空気に家賃払ってんのか」

「どういう意味？」

「無駄に広い部屋ってこと。天井もすげー高いし。ホールかよ」

濃いグレーで統一された洒落た空間を見回して言うと、一城がブーッと噴きだした。営業スマイルを口元に貼りつける程度のクールキャラ・東郷一城とのギャップに、こっちの脳がバグりそうだ。

「普通のリビングだし、２ＬＤＫだし。ヒナの発想、相変わらずおもしれー」

「おもしろいことを言っているつもり、ねーけど」

「自覚がないから、おもしろいの。ヒナのそれは才能だと思う」

「才能なわけねーし。そもそも俺、コミュ障（しょう）なんで」

「コミュ障じゃなくて、大勢と繋がる必要を感じないだけだよ、ヒナは。人でも物でも、必要な分だけを手元に置いて大事にするタイプだよ、昔から」

そんな大昔を参考にした分析はスルーして、勝手にリビングの中程まで進む。

大きなラグマットにガラスのローテーブル、背面が流線の真っ赤なソファ。左側には対面式のキッチンがある。渋谷の夜景を一望できる窓の手前には、エアロバイクとベンチプレス。ダンベルも複数転がっている。日常的に筋トレするヤツは、無条件に尊敬する。

窓の外はベランダか。室内の照明が窓ガラスに反射していても、テーブルセットがうっすら見える。かなり奥行きがありそうだ。

さすがは渋谷の高級マンションだ。もし泥酔して帰宅しても、リビングに入った瞬間にハイセンス感に圧倒され、我が身を恥じてシラフに戻れる。……自分が暮らすアパートと差がありすぎて、巧（うま）い例えが出てこない。

六畳一間の日向太の賃貸アパートのように、カラーボックスと衣装ケースの隙間に布団を敷いて寝るような狭苦しさは微塵（みじん）もない。壁面収納が徹底していて動線を妨げるものはなにもなく、埃（ほこり）の積もる場所すらないのは、もはや羨望（せんぼう）を越えて嫉妬すら湧かない。

間接照明は天井からのダウンライトと、窓から見える渋谷のビル群の瞬きのみ。モデルルームのような居住空間に、売れたんだな、と納得した。

頑張ったんだな、と胸が熱くなった。

そういえば、ヒーローに抜擢されるという目標も叶ったのだから、大成功の人生じゃないか？　と、ひとごとながら感極まる。自分が適当に生きているせいか、目標に向かって頑張るヤツは、ただただ眩しい。

でも日向太はテンションが低いため、感動をうまく伝える術がない。賛辞の代わりに口をついたのは、情けないことに、こんなセリフだ。

「お前、テレビでメシ食ってるくせに、テレビ置いてねーの？」

厭味ではなく素朴な疑問だ。答えの代わりに一城が、壁のタッチパネルに触れた直後。

「――――げ」

壁に飾られた黒い絵画が、光って動いた。なんと、テレビだったか。

「ウォールフィットタイプのテレビ、初めて見た？」

「初めてもなにも、テレビ持ってねーし。約十五インチのスマホで、見逃し配信専門」

「そうか、ごめんな。最先端なうえに七十五インチで」

ついでに寝室のテレビは同じタイプの五十五だと、訊いてもいない説明をもらってしまい、無駄な嫉妬を量産した。

「風呂場にもあったりして」

「あるよ。ポータブルが」

それならスマホと変わりないなと、強引に共通点を探してプライドを保つ。

「それにしても広い部屋だな。見回すだけで首の運動になる」

もうちょいコンパクトなほうが住みやすくね？　と訊くと、赤いソファにダイブして体を伸ばした一城が、「セキュリティ対策だよ」と、納得の説明をくれた。

「前に住んでいたマンションは、隣の野郎が自撮り棒を伸ばしてベランダから盗み撮りしやがったから、他人の干渉を一切受けないここに決めたんだ」

「……去年だっけ。ニュースで見たよ」

一城がベランダで喫煙している写真が流出した、あのとき。じつは心配したのだ。なにをって……一城のメンタルを。

高校時代の一城は噂話や他人の視線に敏感で、言動にも細心の注意を払っていたから。『火のないところに煙は立たない』のロールモデルのようで、女子とは決してふたりきりにならず、男子のエロトークにも加わろうとしなかった。個人アドレスも極秘で、誰とも連絡先を交換せず、徹底して情報の流出を避けていた。

だから日向太の弁当を横からつつく程度のことは、年相応の友人同士のじゃれあいとして許容していたし、そういう息抜きは必要だよな、と理解もしていた。

ちょっとくらい図々しくても見逃してやるくらいには、同情と親しみを覚えていた。

クラスメイトたちも、日向太と一城の弁当タイムを遠巻きに眺め、イベントのように楽しみながら、見守ってくれる雰囲気があった。

でも、それでも言うヤツは言うのだ。『東郷一城はどんな高校生だったかインタビューされたら、いつも人の弁当を横取りしていたセコいヤツって言ってやろ』などと。

興味を引きたいばかりに、わざわざ本人の前で面白がって言うバカがいるから、一城も警戒せざるを得なくなるのだ。他の良心的なクラスメイトも、日向太も、誰も彼も。

だがそんなときでも、一城は上手に躱(かわ)していた。『人の弁当じゃなくて、ヒナの弁当限定な。横取りじゃなくて、つまみ食いな。そこ正確に頼む』と、必要以上に冷静だった。

芸能人として頑張る姿を羨望するより、人気商売は大変だなと同情することのほうが多かった。その気苦労はデビュー数年の高校時代より、映画やドラマで主役を張れるようになった今のほうが遥かに大きく、重いだろうと推察する。

「盗み撮りした隣人を、訴えなかったのか?」

「しないよ。盗み撮りくらいで大騒ぎする小心者だと思われたら損じゃん。セコいとか神経質とかのイメージがついたら、払拭するのに時間もかかる。当時は刑事ドラマに出演中で、正義漢あふれる新米刑事役だったから、そのイメージを崩したくなかったんだ」

「……だったら喫煙は、やべぇよな」

「うん、やばい。滅多に怒らない佐久間さんにも叱られた。……あのときはロケで三十テイク超えてもOKでなくて、超へコんで……。イライラをニコチンで抑えようとした俺のミス。だから自分への戒めとして、あれ以来タバコはやめた」

自分のテリトリーにいても気を抜けない一城が、動物園の猛獣に見えた。

「ひとりの悪意が世界中に拡散された世界を想像したら、リスクのほうがデカいじゃん。イヤだなと思ったら、なにも言わずに離れるのが得策だ」

「損得を考えれば、そういう判断もアリだけど、本音は中指立ててやりたいだろ？」

試しに挑発してみたら、ガッデム！　と、一城が躊躇なく中指を立てた。笑ってしまうほどヤンチャだ。実際日向太は、滅多に上げない口角を上げてしまった。

「うん。そういうガス抜きは必要だ」

見なかったことにしてやるよと伝えたら、サンキュ、と一城が破顔した。

身を起こしてソファの背もたれに両腕を預け、脚を組み、室内を見回して一城が言う。

「でもこのマンションなら問題なし。ワンフロアに二世帯だけど、隣とは一切繋がっていない構造のうえ、壁も厚い。プライバシーは完璧に守られている」

それはよかったと話をまとめ、ここへ来た目的を果たすべく踵を返す。

キッチンどこ？　と訊かずとも、左手にアイランド型のシステムキッチンが待ち構えている。そちらへ移動し、持参した材料を調理台に並べながら質問した。

「ガス台周りがピカピカなのは、掃除が行き届いている、料理をしない、どっちだ？」

「どっちも。綺麗好きだから、部屋が汚れるようなことはしねーの、俺」

「だったらこの部屋で揚げ物なんて、無理じゃね？」

肩を竦めて返すと、「ヒナの唐揚げは別」と真顔で返され、うん、まぁ、だから連行されたんだよな……とブツブツ零しながらシステムキッチンのストッカーを引き開け、調理器具類を物色した。

大鍋、小鍋、フライパン。レードル、スパチェラ、ケトル。他、タッパー類が少々。

隣のストッカーを覗いてみれば、調味料もひととおり揃っている。サラダ油や醤油類の賞味期限は……ギリセーフ。

鍋も油も揃っているというセリフを全く信用していなかったのだが、実際に目にして驚いた。ただしレードル類は、商品タグがついたままだ。

「一城、天ぷら鍋や金網まで揃っていながら、ほぼ使われた形跡がないのは、なんで？」

「んー？　料理ができたら仕事の幅が広がるかなと思って、ひととおり佐久間さんに揃えてもらったんだ。でも、初回で断念した」

「初回で断念って、なにを作ろうとしたんだ？」

訊くと、うーん……と即答を避けた一城がソファにゴロンと寝転がり、拗ね顔で両膝を抱えて白状した。

「……唐揚げ」

「買って食え」

瞬殺かよ！　と、一城が足を抱えたまま反論する。

「俺が食いたいのは、ヒナの唐揚げだもん。どこにも売ってないから、味覚と嗅覚の記憶を辿って、自力で作るしかなかったんだもん。作れなかったけど」

ガキっぽく唇を突きだされ、目眩がした。コイツ、ほんとに東郷一城か？　いや、いまは間違いなく西藤一城のほうだ。

「お前、料理できるんだっけ？」

「ハンバーグとカレーと、パスタと牛丼」

おっ、と感心して目を丸くしたら。

「……のレトルトや冷食を、レンジで温めるのは得意。あとカップ麺」

「ケンカ売ってんのか、てめぇ」

体格差があるからケンカは売られても買わないが、それよりも、一城の記憶に日向太の唐揚げが焼きついていたことには感動した。高校を卒業して、ずいぶん経つのに。

「そんなにあの唐揚げが食いたいなら……」

俺に連絡をよこせばいいのにと言いかけて、口を噤む。

そうだった。一城は情報の流出を恐れ、高校時代のクラスメイトの誰ともアカウントを交換していない。もちろん日向太とも繋がっていない。

こちらから東郷一城のSNSにDMを送れば、直接の接触は可能だが……何人かの同級生はそうしているかもしれないが、東郷一城がフォロバしているのは、自身が所属する翔プロダクションの公式はじめ、スポンサーや局のアカウントの類だけ。

意図的に一線を引いているのは見ればわかるから、テリトリーを踏み荒らすような、無神経な真似はしたくない……と言うか、日向太自身がSNSは見る専で、フォローやフォロバすらしないから、人のことは言えない。

「グル弁で会えたのは、奇跡だな」

ぽつりと零したら、お腹空いた～と一城が長い手足をバタバタさせた。へいへいと返事して、日向太は調理にとりかかった。

「うおおおお……っ」

　歓喜の声が、キラキラ光る。

「すんげぇうまい……っ。これはやべぇ、マジやべぇ、出来たて唐揚げ、超やべぇ」

「……昼間の熟れたコメントが空耳のような、著しく貧困な語彙だな」

　出身校の偏差値ダダ下がりだと文句を言うと、一城がデレデレに相好を崩しながら、ザクザクと小気味いい音を立てた。

「美味いものの前では、人は言葉を失うって、どっかのグルメ番組で誰かが言ってた」

　嬉しそうに目を細めて唐揚げを頬張る旧友を斜め前に見ながら、アバウトな情報だなと苦笑した。

「だから俺、ヒナの前ではカッコつけられないのかも」

　美味いってことか？　と確認すると、うん、と即答してくれたから、自分用に取り分けた唐揚げをひとつ、一城の皿に移動させた。ダイニングテーブルがデカすぎて対面では互いが遠いため、コーナーに座っている。だから容易に、相手の皿に手が届く。

「褒美にひとつ、くれてやる」

　わーい！　と喜んだ一城が、アーンと口を開ける。……席が近いのも問題だ。

「食わせて。高校んときみたいに」

要望は無視して、自分の食事を再開する。

「自分の箸があるときは、自分で食え」

「ヒナ冷てぇ」

「唐揚げの熱さで相殺だ。……あ、メシ炊けた」

早炊きでセットした白飯が、いま炊きあがった。立ちあがってキッチンへ回り、熱々のご飯をふたつの茶碗にふんわりと盛り、トレイに載せてテーブルへ運ぶ。

食器もひととおり揃っているが、半分以上は裏にシールが貼られたままだったから、今夜使用する分は剥がして軽く洗浄した。気分は完全に家政夫だ。

白飯ごときで「すげー、めっちゃ美味そうな白飯！」と絶賛されると、副菜も持ってきてやればよかったと、お節介が頭を過ぎる。

なにせ一城の冷蔵庫は、デカいだけで中身は空っぽ。アルコール類と水とプロテインゼリーしか入っていないから、作ってやりたくても材料がない。空気に賃料を払っているようなこの部屋同様、最新型の巨大冷蔵庫は、空気を冷やすだけの存在だ。

「今度、日持ちのするもの詰めといてやるか……」

つるりと滑った言葉を慌てて回収しようとしたら、「今度？　今度なに？」と、食いつかれた。仕方なく、予定になかった「次」を提案する。

「次は副菜も用意してやるよ。なにがいい？」

「次？　マジ？　じゃあ、あれがいい。ヒナの弁当に入ってた、レンコンにチーズが貼りついたやつ」

「レンコンのスライスチーズ焼きか。じゃあ今度、それ作ってやるよ」

「あれも好き。ほら、おにぎりで、みそ味の豚肉のやつ」

「胡麻みそネギの豚肉にぎり？　あれは副菜じゃなくて主食だろ。まぁ、いいけど」

「あと、あれも！　のの字の、甘い卵」

「焼き海苔を巻きこんだ卵焼き？」

それ！　と日向太を指して声を弾ませ、一城が両手で頬を包む。

「あー、高校時代が懐かしいな。俺の青春は、ヒナの弁当箱にギュッと詰まってるよ」

「弁当箱サイズの青春が不憫で仕方ねーよ、俺は」

他に楽しいことはなかったのか？　と訊きたくなるが、高卒の履修基準に達するためだけの登校で……足りない分はテストとレポートで補って、思い出らしい思い出を作る余裕はなかっただろう。

　思い返せば学園祭も卒業旅行も卒業式でさえも、一城は不参加だった。多忙という事情だけではなく、姿を見せれば人が集まり、ちょっとした騒ぎになる。周りに迷惑をかける恐れがあるから、自主的に控えたと思われる。

高一で料理に目覚めたばかりの日向太が作る弁当だ。たいした内容ではなかったはずだが、それでも一城の高校時代を語るうえで欠かせない時間を紡げたのであれば、素直に嬉しい。

一城が腰をあげ、キッチンへ移動した。冷蔵庫を開けながら「ヒナって呑める人？」と訊かれたから、「結構呑める」と声を弾ませて即答する。

期待したとおり、一城が缶ビールを持ってきてくれた。それも、たまに安い発泡酒を買う程度の日向太にとっては贅沢品の、クラフトビールだ。わーい、わーい……とちょっとだけ両手を上げ下げして喜んだのに、テンション低いなーと苦笑されたのは心外だ。

「ヒナには絶対、俳優業は無理だな」

「うん。生まれ変わっても無理。お前が料理しないのと一緒」

プシュッとプルタブを引き、乾杯、と缶をぶつけあう。すでに夕食で腹いっぱいだが、一城と初めて酌み交わす酒だから、きっと美味い。

グビグビッと喉を鳴らし、ほら美味い、と黙って頷く。そして顔を見合わせ、どちらからともなく苦笑いして、改めて再会の喜びを噛みしめた。

高校時代に差し向かいで弁当をつつきあったふたりが、当時のように顔を突きあわせ、酒を呑むようになるなんて。それも相手は、もう会うことも話すこともないだろうと思っていた一城なのだから。不思議な縁が嬉しく、少々照れくさい。

一城が出してくれたミックスナッツをつまみながら、「なぁ」と訊いた。

「お前、いつも飯は、どうしてんの？　ロケ弁とか、移動中の車内でコンビニのチキン食ったりとか。」

「さすがにそれはないよ。午前三時にカレー食うときもあれば、朝の六時に幕の内弁当を支給されるときもあって、タイミングは滅茶苦茶かな。日本にいながら、飯で時差ボケ起こしまくり」

そんなアンバランスな生活で、よくそこまで完璧な肉体を練りあげたと恐れ入る。元モデルだけあって、高校時代から長身で肩幅が広く、均整のとれた体格をしている。でも今回の映画のために猛烈に鍛えたのは、店頭に立った瞬間に、すぐわかった。

原作のコミックスは、一巻の冒頭からアクションの連続だ。そして今回の映画の予告動画では、砂漠で銃撃戦を繰り広げたダブルガン役の東郷一城が、両手にショットガンを下げ、砂塵から傷だらけで登場する。だから映画の内容は、きっと原作に忠実だ。

裂けた服から覗く腕の筋肉は逞しく、胸筋は盛りあがり、腹筋はバキバキに割れ、背筋は引き締まっていた。あれがＣＧではなく本物なら、漫画のヒーローそのものだ。

クランクアップから一カ月経った今も、映画の宣伝のために体形をキープしているようだし……と感心して眺めていたら、ヒナは？　と訊かれて、俺は筋肉ナシ男くんと返答すると、なんの話？　と眉をハの字に下げられた。

「ヒナって普段、どんなスケジュールで動いてんの？」

「スケジュールなんかねーよ。十時に起きて、バイト行って、夜は帰って、シャワってゲームして寝るだけの生活」

「俺、次のドラマの仕事で、大学生の役を演じるんだ。詳しく聞きたい」

「昼前に起きたら顔を洗って、味玉を一個食ってから歯を磨いて……」

「あ。俺も味玉好き。今度作って。卵といえば、甘い油揚げの中に卵が入った……」

「それも作るから黙って聞け。身支度を整えたら、メトロで中目黒（なかめぐろ）駅から六本木駅へ移動して、ＬＵＮＣＨ　ＢＩＸで弁当を作る。バイトが終わったらアパートに帰って以下前述」

シンプルな生き様だなーと驚かれ、普通はこんなもんですよと遠い目で頷いた。

「車の助手席に彼女を乗せて、旅行とかしないの？」

「彼女も車も縁がねーよ。免許とか、取る気ねーし。車の購入資金に駐車場代に車両保険に……って、金かかりすぎ。都心暮らしは、自転車と公共交通機関で充分じゃね？」

一理（いちり）あるな、と長いまつげを瞬いた一城が、「送迎してくれる佐久間さんに、感謝しなきゃ」と神妙な顔で頷くのを横目に見つつ、続きを語る。

「ヒマすぎてバイトに精を出したくても、店長からは朝から晩までいなくていいって遠回しに制限かけられて、スケジュールはスッカスカ。ヒマすぎて死にそうだから、バイトの兼業も思案中」

「ヒナって一応、大学生だよな？　学部は？」

「文学部。卒業に必要な単位はほぼ取得済み、残すは卒論だけ。まだテーマが決まらなくてノータッチだけど、提出は十一月末だから時間あるし。ヒマすぎて死にそう」

「最後のフレーズ、二回聞いた。卒論ってことは来年卒業か。就活は？」

「しなきゃとは思うけど、バイトが性に合いすぎてさ。ノルマもねーし、接客も最低限で済むし、食費も浮くし。雇用形態がバイトってこと以外、マイナス点が見当たらない」

だから就活に踏み切れねーの、と自分の煮えきらなさをため息で丸めてポイッと捨て、飛ぶ鳥を落とす勢いの芸能人に成長した元クラスメイトに視線を移し、さらに落ちこむ。

こいつは十代で進路を決めて、とっくに自立してるんだよな、と。

それに比べて、社会人のスタートラインに立つための就活にも本腰を入れられない俺って、モチベーション低すぎだろ……と、自分自身に気が滅入る。

唐揚げの最後のひとつを口に押しこんだ一城が、目を閉じて味わい、喉仏（のどぼとけ）を大きく起伏させて胃に収め、美味かったぁ……と感嘆してからボソリと言った。

「いいな、そういうの」

は？　と今度は日向太が首を傾げる番だ。いまの話の、なにがいいのかサッパリだ。

「羨ましい。ヒマでヒマでって、選択肢の宝庫じゃん。ヒナの未来、選び放題」

「……ものは言いようだな」

「俺はヒマが怖いからさ。仕事がもらえなくなるのが怖い。ここ何年も休みなしで……自分が望んだことだけど、でも病気や怪我で倒れたら予定が総崩れになるから、すごく怖いよ。気持ち的には、いつも崖っぷち。だから、ヒナが羨ましい」

「仕事って、自分の意志で選んだり減らしたりできねーの？」

うーん……と唸って頭を掻いた一城が、「俺的には難しい」と顔を顰める。

「デビュー当時から、来る仕事拒まずだったからさ。中三の夏に両親が離婚して、俺と母親、突然住むとこ失ったんだ。だから、居場所を失うことに対する恐怖がハンパない」

予期せず話のトーンが変わった。

まるでカラーテレビから白黒テレビになったような。……白黒テレビの時代を知らないから、単なるイメージに過ぎないが。

一城の神妙な口調につられ、箸を置いた。腿に両手を揃え、姿勢を正す。

「中卒で働いてもよかったけど、母親に猛反対されてさ。母親の妹んち……東京の叔母さんちに預けられたんだ。そこなら食べることには困らないし、高校へも行けるって。俺は自分が母親を支えるつもりでいたけど、母親は俺を、捨てた」

「捨てたわけじゃなく、苦労させたくなかっただけじゃね？」

「……だと思う。ごめん」

「別に謝ることじゃねーし。そう思っただけだから」

「捨てられたと感じたのは、俺が子供だったからだよね。ただ、叔母さんちには小六の従妹がいて、俺に懐いてさ。そしたら叔母さんが警戒しだして……。リビングには立ち入るなとか、帰宅するのは、叔父と叔母が揃う十九時以降にしろとか」

なんで？　と訊いたら、娘に近づくなってこと、と苦笑され、驚いた。お前がイケメンすぎるからと慰めたら、ちょっと笑ってくれたけど、慰めた日向太は笑えない。

「あの家に俺が邪魔なのは明らかで、かといって叔母さんも、出て行けとは言いづらいみたいで。だから芸能界に入ったんだ。自立するために」

イケメンでマジ助かったと、冗談でまとめられても、話がシリアスで笑えない。

東郷一城のプロフィールは、所属プロダクションの俳優名簿で公開されているが、当然ながら、そんな事情は書かれていない。デビュー以前の情報は、中三の夏休みに新宿でスカウトされたという経歴だけだ。

高校時代の一城が、人との関わりを必要最小限にしていたのは、いま聞いた生い立ちが強く影響しているのだろう。無駄な誤解を生まないため、勘違いされないための自衛だ。

「新宿でティッシュ配りのバイト中に、佐久間さんが声をかけてくれなかったら、叔母さんちからの独立は果たせなかった」

中三でバイト？　と眉を寄せると、「年齢不問のバイトなんて、山ほどあるって」と苦笑され、「叔母さんに小遣いせがむわけにいかねーじゃん」と笑われて……これも納得。

「社長が部屋を用意してくれたときは、ホッとしたよ。いま母親に仕送りを果たせているのも全部、翔プロの社長と佐久間さんのおかげだ。だから仕事は拒まない」

「……お前、高校んときも、ずっと周りに気を使ってたよな。言い返したい場面でも笑って、流して、演技して。相当ムカつくこと、結構あったと思うのに」

一城が目を丸くした。そして言うのだ。「ヒナの弁当食ってるときは、有り得ないほど気が抜けてたよ？」と。……うん、知ってる。大口開けて、舌の根っこや奥歯まで晒して唐揚げを待つ姿は、どこまでも無防備だった。

皿に残った玉ねぎを指でかき集め、ナッツと一緒に舐めながら一城が言う。

「演じることに慣れすぎて、映画やドラマの撮影中は、家に戻っても役のイメージを引きずることがあるんだ。で、ふと思う。俺は誰だ？　って。自分が誰なのか、いまどこにいるのか、明日は誰を生きるのか。いつか自分に戻れなくなりそうで、マジで怖くなる」

一本目のビールを飲み終え、間髪入れずに二本目のプルタブを開けて一城が続ける。

「スケジュールが埋まって嬉しいのに、固いブロックで体をガチガチに固定されて、自分の意志とは無関係に、相手の求めるポーズを取っているような感じが苦しいっていうか。だから、明日の時間の使い方を自由に選べるヒナが、マジで羨ましい」

脱線しかけた話の軌道を、巧みに戻して一城が笑った。知的キャラはコイツの地だ。

「芸能人、つらいか？」

訊くと、驚いた顔をしたあと、いや、と笑顔で否定されて安堵した。好きじゃないことを頑張るのは、誰だって苦しいと思うから。

「そうじゃなくて、たぶん仕事が好きすぎるせいだ。必要とされるのが嬉しいから、みんなが望む東郷一城のイメージを守りたい。で、ふとした瞬間に迷子になる。その一瞬が怖いだけで、仕事は本当に好きだよ。だから、そういう不安と無縁なヒナが羨ましい」

俺なんて、なんの変哲も無い大学生なのに……と言いかけて、思い直す。一城にとっては、取るに足りない学生の暮らしに憧れる瞬間が実際にあるのだ。バリバリ仕事をしている一城を、少しばかり羨ましいと思う日向太のように。

「ねぇヒナ。俺たちって、物事の価値感が似てるよね」

「かもな。立場とか姿形は、ずいぶん違うけどな」

「うん。俺はムキムキ、ヒナはヒョロヒョロ」

ヒョロヒョロで悪かったな、と怒ったふりで「ヒョロヒョロ〜」と鰻のように身をくねらせたら、一城が腹を抱えて笑った。この笑い声は無理していない。「素」の一城だ。

ひとり住まいには広すぎるリビングダイニングの、デカすぎる漆黒のテーブルに突っ伏して、一城が笑い転げる。「ヒナ最高、超おかしい」と繰り返して。

「ヒナのおかげで、久々に百パーセント自分。これが俺のベーシックフォーム」

身を起こし、一城が銃を構える真似をする。その手で頬杖を突き、フッと微笑む。

「今日、ヒナと会えてよかった。やっとこのキャラのセリフを、冗談めかして口にできるようになったよ。役柄に入りこみすぎて、なかなか笑いに変換できなかったから」

「笑いに変換する必要ある？　笑う作品じゃねーだろ、ダブルガンは」

「素の俺が、いまものすごく笑いに餓えているんだ。ダブルガン役が体に入っている間、なにをしていても笑えなくてさ。笑い方を忘れた状態が、長く続いて苦しかった」

そういうことかと納得し、「役柄に憑依するタイプは辛いな」と同情した。

そういえばいまだに肉色のフーディを着ていたことに気がついて、「室内に入ったらコートは脱げ」と指摘した。素直にいそいそと脱ぐ一城は、それなりに可愛い。

黒いカットソーが、吸いつくように体へ張りつき、一城のボディラインを顕わにする。

思わず「すげー胸筋」と見入ってしまった。そしてまた、乾杯。

「俺のうす汚れた五臓六腑は、コイツで消毒するしかねぇ」

いま一城が口にしたのも、ダブルガンの有名なセリフだ。敵を撃ち殺したあと、高度数のテキーラが入ったスキットルをクイッと傾ける定番シーン。

これは痺れる。テンションの低い日向太でも、いまちょっと背筋が震えた。

「握手会つきの試写会より、贅沢じゃね？」

本音を吐いたら、一城がケタケタと笑った。渋くて冷静で、歳の割には大人びた東郷一城が、こんな顔をして笑うところを世間の人が見たら、どう思うだろう。印象が大きく変わるに違いない。それはそれで魅力的だと思うのだが。

使った食器を流しへ運ぶと、あとは一城が洗ってくれた。ふたりでやれば片づけも早い。

再びダイニングテーブルへ戻って腰を下ろし、なぁ、と呼び、身を乗りだす。

「これ、俺の連絡先」

「え？」

驚いて目を丸くする一城の前でスマホを取りだし、通話アプリのＱＲコードを表示し、一城の前に差しだした。

「読み取らずに、スクショだけでもいいし。友達登録するかどうかは一城に任せる」

高校時代の常套句(じょうとうく)、「アカウント交換は禁止されているんだ」でサクッと断られるかと思ったら、フーディのポケットを探ってスマホを抜きとり、無言で画面を読み取ったからビックリした。友達登録もサクッと完了。

「なに驚いてんの、ヒナ」

「え? いや、拒否られると思ったから」

「拒否前提でアカウント見せるなよ。て言うか、いまさら断るわけねーじゃん。個人的に絡みたくない相手を、自宅に連れこむと思う?」

連れこむという表現には語弊(ごへい)があるが、近い状況だから訂正はしない。

それより、ちょっと感動した。一城のセリフを解読すると、日向太は個人的に絡んでもいい対象ということになる。こんなにも警戒心の強いヤツが、懐に入れてくれたのだ。

「一城に信用してもらえると……なんつーか、背骨が太くなった気がする」

「背筋が伸びる、じゃなくて?」

「うん、違う。しゃきっとするわけじゃなくて、ドシッと安定する、みたいな」

いまならお前を背負えそう……と呟いたら、間違いなく潰れるぞと笑われた。

図らずもアカウント交換が叶った。早速『よろしく』とスタンプを送信する。

家族や店長にしか送らないから、公式スタンプしか持っていない。でも一城からの返信は、なんとダブルガンのイラストスタンプだ。同じ『よろしく』でも、かっこよさの差は歴然。

『スタンプのダウンロードよろしく』と続けてメッセージが送られてきた。はいはい、と素直に購入ボタンを押し、買ったばかりのダブルガン・スタンプで『これが俺のベーシックフォームだ』と返すと、同じスタンプを三連続で撃ち返された。

目の前の相手とスマホ経由でやりとりしながら、こいつ本当は友達に……というか、本音で愚痴りあったり悪ふざけしたりする相手に餓えているのだろうなと感じた。

『しんどいときは連絡しろ。いつでも俺がベーシックフォームに戻してやるから』

声にするのは照れくさいから文字にして送信すると、スマホに目を落とし、一城が目を丸くした。

その顔から笑いが消える。安心させるはずが逆効果だったか。送信取り消すか？　とも思ったが、読まれたあとで消しても意味がない。

ちょっと気まずくなってしまい、日向太はダイニングチェアから腰をあげた。

「じゃ俺、そろそろ帰るわ」

「え、もう？」

慌てて一城が腰を浮かせる。狼狽えるような表情に、こっちこそ戸惑う。

「だってお前、明日も仕事だろ？　朝六時から」

「え、あ、うん。仕事だけど、まだ二十二時だよ？」

「まだって言うな。もうって言え。お前はさっさと風呂入って休め」

「でもさ、ヒナ。マンションは中目黒だろ？　ここからすぐだし、急がなくても……」

「マンションじゃなくて、六畳一間のアパートな。お前んちの玄関くらいの」

玄関、と一城が笑う。……よかった。久々の再会を笑顔で締めくくれたなら、安心して家路につける。

「もう少し話そ、ヒナ。あと一杯だけ。な？」

「いや、帰る」

「なんで？　ヒナ、テンション低くない？　俺、ヒナの機嫌そこねた？」

「安心しろ。これが俺のベーシックフォームだ」

ビシッと二丁銃を構える真似をしたら、笑ってはくれたが寂しそうだ。

玄関へ向かう日向太のうしろを、長身がトコトコついてくる。脚を止めてくるりと振り向き、ペチッと頬を叩いたら、キョトンとした顔で瞬きしている。

「マジで、いつでも連絡よこせよ。ずっと演技したままじゃ疲れるだろうから」

知ったような口を利いたら、「大丈夫」と笑われた。見つけたから、と続いた気がして、え？　と訊き返すと、「好きな仕事を」と一城が早口で付け足して、歯を見せた。

いまのは作り笑いだと察してしまう程度には、高校時代に至近距離で本物の笑顔を観賞してきた。でも芸能人になった経緯を知ったからには、頑張れとしか言えない。

仕事と誠実に向きあっていれば、いつかは親のためとか、世間の印象とかではなく、自分の意志を優先できる日がくると思う。思うというか、そろそろじゃないか？

なににせよ、一城がやりたいようにやるのが一番だ。そもそも就活に踏み切れないような日向太では、あれこれ語れる立場にない。

「またバイト先へ顔を出せよ。弁当、無料で大盛りにしてやるから」

自分にできる最大のサポートを口にして、スニーカーを履こうとしたら。

背後から首に両腕を回され、帰宅準備を妨害された。……自称・甘えたがりで依存体質の本領発揮だ。この姿は、絶対メディアには見せられない。

腕を軽く叩き、「離せ」と促すと、うん……と煮え切らない反応をした一城が、離すどころか、日向太の後頭部にグリグリと額を押しつけてくる。

「じつはもうすぐ、テレビドラマの撮影が始まるんだ。さっき言ってた大学生役」

「その情報、じつは知ってる。お前、主演だろ？　でも他の出演者は極秘だよな？」

「相手役の女優の情報は、ゴールデンウイーク後に解禁だけど……知りたい？」

極秘ネタに釣られて「じゃあもう一杯」とリビングに戻る日向太ではない。うーん……と薄い反応でスニーカーに足を伸ばしたら、拗ねて数回頭突きされ、思わず笑った。

「俺の役は、プロサッカー選手を目指す大学生。ポジションはキーパー。マネージャーの女の子と熱愛中で、初回からキスシーンがあるんだ」

キスという言葉に反応して、「ヒロイン役、誰？」と訊いてしまった。「樫本杏奈（かしもとあんな）」と返され、げ、と変な声が出た。

「樫本杏奈って、ＣＭにバンバン出てるよな。二十代女優の好感度トップだろ？　その樫本杏奈と……キ、キス？」

女子とつきあったこともなく、キスも未経験の日向太には、口にするのも憚（はばか）られる質問だ。だが一城は澄ました顔で「台本によれば、毎回ね」とサラリと言う。

「ヒナ、樫本杏奈さん好きなの？　女優とか、まったく興味なさそうなのに」

「いや、てか、樫本杏奈に興味ない男って、あんま、いなくね？」

答える声がうわずって、クスッと一城に笑われた。地味にファンなのがバレバレだ。

「樫本さんとキスしたら、ヒナにお裾分けしてやるよ」

間接キスで、と肩越しに唇を突きだされ、「それはいらん」と辞退した。

「青春恋愛ドラマの主役か。前にサブスクで演ってたラブコメみたいな感じか？」

「いや。今回は青春じゃなくて、ドロッドロの不倫ドラマ」

「不倫？　ダブルガンとの振り幅、すごくね？」

思わず生唾を飲んでしまい、一城にクスクス笑われた。

「じつは一話で、彼女の母親に一目惚れして恋に墜ちるの、俺。それ以降は樫本さんとハグチューしたり、彼女の母親を押し倒したりすんの」

母親役って誰？　と、またまた興味本位で訊いてしまう。玄関先で立ち往生だ。

「聞いて驚け。俺と同じモデル出身の大女優、谷津島リリ子さんだ」

「谷津島リリ子……っ」

谷津島リリ子といえば、過去に何作もの映画やドラマで主演を演じている名女優だ。四十半ばでありながら、モデル時代より美しいと評判の、稀有な存在。

樫本杏奈に、谷津島リリ子。絶世の美女ふたりを相手に泥沼を演じる東郷一城が妬ましくて、心が灰になりそうだ。

「……俺いま初めて、お前の仕事が羨ましいと思った」

ヒナに俳優は無理だよと窘められ、うん……と頷いて涙を呑む。女子とどうこうなりたいと望んだことは実生活で一度もないが、あのふたりなら話は別だ。

「ハグは無理でも、せめて握手はしてみたい」

「だから、俺がしてやるって。間接的に」

そう言って日向太の手をとり、強引に握手したあと、肩を引き寄せてぎゅっとハグした一城が、「あーあ、一般人に極秘情報をバラしちゃった」と軽い脅しをかけてくる。

極秘情報なら聞きたくなかった。口を滑らせてしまう可能性のある人物が、店長ひとりだけだとしても、秘密の共有は荷が重い。

酔った勢いの可能性大だから、念のため釘を刺しておく。

「そのビッグニュースが漏洩(ろうえい)しても、俺のせいにするなよ？　口を滑らせたのはお前だからな」

「ヒナから情報は漏れないよ。連絡とりあう相手、俺より少なそうだし。俺より少ないってことは、多くて三人くらいだし。店長と、ご両親とか」

「……う」

「さっきチラッと見えたフォロー一覧も、企業関係ばっかだった」

「……ううう っ」

「ソーシャルメディアのアカウントも、持っていても見る専で、呟きそうにないし」

仰るとおりでございますと、なにからなにまで素直に認める。

「欲しい情報をチェックできれば、それでいいし。だから、呟く必要ねーし」

「相変わらずヒナは、自己主張や承認欲求とは無縁だな。他人にも自分にも無関心っていうか、関わるのだりぃ～って感じ。だからヒナの傍は安心なんだ、昔から」

「貶(けな)されたと思ったら、褒められた」

淡々と返したら、また一城が噴きだした。そうやって笑う一城だって、日向太のことを言える立場にない。積極的に友達を作らないのはお互い様だ。そういうところは、高校時代からまるで変わってねーなと思う。

さて、スニーカーまであと一歩なのに、なかなか爪先が届かない。懸命に右足を伸ばすのだが、殺し屋ダブルガンの腕力には敵わず、スニーカーとの距離は一ミリも縮まない。

そろそろ解放してくださらんかと腕をポンポン叩く日向太に、一城が縋る。

「体ができあがっているいまのうちに、サッカーシーンのほとんどを撮るらしい。撮影時間は陽が落ちるまでだから、夜には家へ帰れるし、自分のベッドで眠れるから楽だけど、序盤は体力勝負だから、バランスよくしっかり食えって佐久間さんから忠告されてる」

「だな。しっかり食って、寝て、体調を整えて頑張れ」

「しっかり寝るけど、食うのが不安。だからヒナ、メシ当番して」

へ？　と肩越しに振り向いたら、一城のアップに視界を占領され、脊髄反射で顎を引いた。かろうじて空けた距離は、わずか数センチ。一城に首をロックされ、動きに制限をかけられている。

「ロケが終わるまででいいから。八月中旬まで。な？」

「メシなら、マンションまで届けてもいいけど。店長に理由を話せば、一城スペシャル作ってくれるかもしれねーし。お前が店まで取りにくるなら、作っといてやるし」

「俺との関係を店長に話すのはＮＧだ。情報が漏れて、ＬＵＮＣＨ　ＢＩＸでファンに待機されても困るし、尾行も怖い。それでなくても、グル弁放送直後はファンの子たちが真・唐揚げ弁当を求めてＬＵＮＣＨ　ＢＩＸに通うと思うから、あそこへは近づけない」

「そっか。言われてみれば、そうだな」

一城が動くのは危険かと納得すると同時に、つけ入る隙を提供してしまったらしい。

「だからヒナ。うちで作って。それが一番安全だよ」

「まぁ、いいけど。たまにになら」

この話の流れなら、そう譲歩するしかない。でも一城は図に乗るのだ。「たまにじゃなくて、毎日がいい。俺のハウスキーパーになって」と。

は？　と声が裏返った。おーねーがーいーと甘える一城が、日向太の体を左右に振る。

されるがまま、ゆらゆらしながら「女子高生かよ」と遠慮なく突っこむ。

「八月中旬まで毎日ここへ通うのか？　四カ月弱？　それはさすがに……」

面倒くさいと言おうとしたら、「面倒くさいだろ？」と被せ気味に先手を打たれ、同意する前に切りだされた。

「ひと部屋、自由に使っていいよ」

「……――――はい？」

話が思いっきり飛んだ……気がしたぞ。

「俺の寝室の隣を、ヒナの部屋にするよ。ここならヒナのバイト先に近いし、ほとんど行かない大学にも近いし。アパートを引き払えば家賃も浮く。生活が楽になるじゃん。俺も毎日のメシの心配をせずに済むし。それに店長、言ってたぜ？」

「店長って、ＬＵＮＣＨ ＢＩＸの店長か？　いつ、なにを？」

「ロケのときの雑談。繁盛してるから、ずいぶん儲かってるんじゃないですかって訊いたら、食材や包装資材、バイトくんの給料やらで、利益はスズメの涙っすよって」

「……うっ」

心当たりがあるだけに、それを言われると心臓がミシミシ軋む。

「俺が思うに、それって遠回しに、あまりバイトに入ってくれるなってことだと思う。それでなくともこの四月から賃料が上がって、やりくりがキツいって零してたし」

「……ぐぅ」

何度も店長から「就職活動しないの？」と訊かれるのも、「もうちょい洒落た店で働けるのに」というお節介も、理由はすべて一城のセリフに要約されていた。

そもそもバイトを始めて二年目までは、昼の繁忙時だけ店頭に立って、午後は大学で講義を受けて、夕方にまたバイトに戻って……と、頻繁に行き来していたのだ。

三年になって必要単位が減り始め、夕方もバイトに入りたいと日向太が言い、やがて終日入りたいと要望をだし、四年になったら毎日顔を出してしまい……知らず店長を追い詰めていたのかもしれない。

「だからヒナ、俺のメシ作って。もちろん報酬は払うから、掃除とか洗濯とか、住み込みでハウスキーパーして。バイトに入る日を減らして、店長と俺を楽にして。な？」

前に回り、ポンと肩を叩かれた。笑っていない目が不気味だ。

忙しければ「無理」と突っぱねるが、暇を極めているのは自白済みだ。でも、だからといって素直に従えるか？　プライドが邪魔をしているわけではなく……そもそも日向太にプライドはないから、なんというか、言葉にするのは難しい不本意な流れを感じる。

なかなか承諾できない日向太を、一城が正面から睨みつける。真顔で見つめていたかと思うと、突然ニパッと口だけで笑った。

「唐揚げが美味いと言ったのは嘘だ」

「————え？」

「……と、俺が言ったら、どうなると思う？」

「そんなこと公言したら、番組が成立しねーぞ」

押されてばかりは悔しいから、押し返し気味に胸を張ったら、敵のこめかみに二丁銃を押しつける真似で脅された。

「やっぱり唐揚げは母親の手作りが一番だとでも呟けば、俺には親思いの優しい息子というイメージがプラスされる。ＬＵＮＣＨ ＢＩＸへは、同情と共感が寄せられるだろう。母親の味に負けるなら仕方ない、と。だが！」

だが？　と、エア二丁銃をつきつけられた恐怖で、聞きたくもない話の先を促すと、ニヤリ……と不敵に笑われた。

「俺のフォロワーなら、じつは美味しくなかったと察するだろう。そのうえ、察したひとりが『不味かったのかも』という妄想を文字にし、拡散すれば……」

腹筋を小刻みに揺らして笑われ、いやいやいや……と狼狽えた。

「今夜は大人しく帰してやる。だが明日の夕食までに引っ越してこい。それが条件だ」

「いやいや無理無理、急すぎて無理。そもそも引っ越す必要がどこにある？　近いんだから、逆に通えば済む話だろ。メシだって毎日作らなくても、冷凍という手があるし」

正論をぶつけたら、今度は一城が「ぐぅ」と苦々しい顔をした。だが、さすがは幾度も死線をすり抜けてきたダブルガンを演じただけある。簡単に諦めはしない。

「アジトを一箇所にまとめれば、アパートの家賃がまるっと浮くぜ。まるっとな」

「まるっと……」

鼻先にニンジンをぶら下げられて、ごくりと喉が鳴った。

たしかに、それは魅力的だ……と誘惑に負けそうになりながらも、「ここの家賃を折半しても、アパートより高いに決まってるから無理」と辞退した。

エア二丁銃が、日向太のこめかみをゴリッと押す。

「折半の必要はナシ。ここの家賃、光熱費、食費、生活費すべて、じつは俺もノータッチだ。全額経費で落ちる。俺たちはただ、参謀・佐久間の了承を得るだけでいい」

「佐久間さんが反対するんじゃね？　関係者以外立入禁止って」

「喜び勇んで、俺たちをこのマンションへ送り届けたのは誰だ？」

あれが反対するように見えるか？　と問われ、ぐぅ、と変な声が出た。

「そんなことより、ヒナが頻繁に出入りするさまをマスコミに撮られたくない」

「別に友達って言えば、よくね？　てか、無関係の住人で、よくね？」

「この高級マンションに不似合いな風体の若い男は、かなりの確率でヤクの売人だ」

突拍子もない役柄を当てがわれ、「は？」と声が裏返る。

「お前、テレビドラマの見過ぎだぞ。あ、出過ぎか」

「売人の訪問先は、このマンションの住人の部屋。そしてマスコミは目星をつける。いま大ブレイク中の東郷一城が、ここに住んでいる。ヤツが怪しい、と」

「それはちょっと、話が飛躍しすぎ……」

「薬物使用の容疑をかけられ、東郷一城はイメージダウンで仕事を失う。映画やドラマの膨大な違約金を支払わされることになる。億は軽く超えるだろう」

「待てよ、一城。俺のイメージ、売人一択？」

「冤罪にも関わらず、東郷一城はブタ箱行き。芸能界からあっさり干される。決して大袈裟な話ではない。火のないところに煙が立ち、火災を起こすのが芸能界だ。お前は俺が業火に焼かれ、のたれ死んでも構わないのか！　小森日向太！」

「………うっ」

ダブルガンを地でいく凄みに抗えず、ぷしゅうう……と膝の力が抜ける。

そんな日向太を真正面から抱きしめた一城が、日向太の耳をガブリと噛んだ。

痛ぇ！　と騒ぐ日向太をなおも拘束し、一城が耳元で呪詛を吐く。

「未知のウィルス、インジェクション完了。これよりオートロックのシークレットコードを伝授する。他言すればウィルスが肉体を攻撃し、お前は血反吐を吐いて死ぬ！」

「いや俺、そんな物騒なコード知りたくねーし！　てか、教えるなっ！」

「これが俺の、証拠隠滅のベーシックフォームだ」

決めゼリフで高揚するくらいには、原作を読みこんでいる日向太である。一城のセリフ回しも声音も漫画のキャラそのもので、創作と現実が曖昧になる。

どちらにしても、そんな物騒なシークレットコードを聞かされるのは遠慮したい。

とっさに両手で耳を塞ぐが、その手を剥がされ、「一五一七ッ！」と早口でねじこまれてしまった。

「一五一七、一五一七！　これでお前は、俺のハウスキーパーだ！」

「ひーっ！　バカ野郎ーっ！」

かくして日向太は、脅しに屈してしまったのである。

開店時間十分前にLUNCH BIXへ出勤した日向太は、店に置きっぱなしの作務衣をTシャツの上に重ねながら、店長に申し出た。

「すんません、店長。急で申し訳ありませんが、勤務時間の短縮って可能っすか？　昼の繁忙時間と夕方の繁忙時間のみで、ラストはナシ。今日からが無理なら、明日から」

「昼二時間、夕方二時間。戸締まり当番ナシってことか。今日からで構わねぇよ」

コロッケを揚げる手つき同様に、軽やかに承諾されてしまった。なぜ？　と訊かれないのは、ややヘコむ。

「やっと就活に本腰を入れる気になったか。頑張れ」

一方的な思いこみで励まされ、さらに心が陥没する。

きつね色になったコロッケを次々に油切りへ移す店長を横目で見ながら、日向太は日向太で鶏肉のタッパーを冷蔵庫から出し、常温に戻す間に副菜を小分けしたり、玉ねぎを薄い櫛形にカットしたりして、開店準備を進める。

「就活するって決めたわけじゃなく、八月まで家賃不要の生活になるというか、住み込みでハウスキーパーをやるっていうか……。ここからめちゃ近いんで、途中で抜けて洗濯したり、掃除したり、たまに大学へ顔出したり。まぁ、そんな感じで」

閑散時間も店内に居座って時給を稼ぐのは心苦しいから……という本音は隠した。

「――小森くんの唐揚げ、そのまま俺が引き継いでもいいか？」

「え。もちろん、いいっすけど」

作り方は見てのとおりなんで、どうぞどうぞと掌を向けて押しだす真似をすると、ありがとうと礼を言われ、逆に申し訳なくなった。

揚げ物はすべてかき揚げだと思いこんでいた母の、独創的な思考から生まれた珍品なのに、そこまで歓迎されると逆に心苦しい。

「小森くんの唐揚げは、いまやＬＵＮＣＨ ＢＩＸの顔だ。単品で売れる総菜第一位だ。……かといって小森くんが責任を感じて、厨房に立ち続けることはねぇんだよ。学生の本分は勉強だ。そして安定した会社にでも就職して、親御さんを安心させてやんな」

「…………うす」

厨房に立っていたのは、責任を感じていたからじゃない。

暇だったから……と言えば、また呆れられるかもしれない。

親を安心させるとか、正直深く考えたことはない。

でも店長がそんなふうに心配してくれていたことについては、ありがたいと思った。さっきのヘコみが元どおりになるくらいには、ふっくらと心が膨らんだ。

それから三日間は、一城のマンションとバイト先、そして自分のアパートの計三箇所を行き来した。

シークレットコード一五一七さえあれば、アジトに容易く潜入できる……と、殺し屋ダブルガンの命を狙う敵の設定でふざけたくなるほど、初日はこの高級マンションに、ひとりで訪れることに抵抗を感じた。敷居が高いという、ただの引け目だ。

でも一城が二日目に、「スタイリストさんから分けてもらった」とシンプルでセンスのいい服や靴を譲ってくれて、見た目を小綺麗に整えたら、高級マンションへの抵抗感が希薄になった。着るもので自己肯定感が増すこともあるのだと、身を以て学んだ一件だ。

服装でモチベーションを上げるのは悪いことじゃない。Tシャツを着ているときはリラックス、スーツにネクタイを締めているときは背筋が伸びる、作務衣を羽織れば弁当を作りたくなる。それと同じだ。

俳優を生業としている一城が、日常でも役柄を意識した格好をする理由について、理解を超えて賛同できる気さえした。……なりきられるのは困るけど。

引っ越しのための梱包作業は、ほぼ三日で完了だ。もともと家財道具が少ないため、バイトに入りながらでも滞りなく荷造りできた。賃貸契約も四月末で切ってもらえる。大学と提携しているアパートは、こういうときに融通が利くから助かる。

それに八月から九月は、大学周辺の賃貸物件が大きく変動するらしい。秋入学や秋卒業の制度の影響だ。だとすればハウスキーパーの任務満了後、次の物件を探す際も、さほど心配はなさそうだ。

荷物の配送業者も、学内の生協経由で手配できて助かった。大学様々だ。

一城との同居生活がスタートしたのは、大型連休前半初日、四月の最終金曜日。映画『ダブルガン』の、公開初日だ。

この日の東郷一城は、超を十個重ねても足りないほど多忙だった。

朝六時からテレビの報道バラエティを全局網羅したあとは、昼の番組も各局を一周し、午後一時からは都内の数箇所の上映館で舞台挨拶に立ち、途中で雑誌の取材を数本、夕方はまたしてもニュース番組に生出演だ。

先日のLUNCH BIXのロケも、この日の夜に放送された。番組冒頭十五分だけの扱いだが、店長の大らかな人柄も伝わったし、一城が唐揚げに噛みついた音もばっちり録れていたし、なにより美味そうだったし、唐揚げを揚げる日向太の手元も少し映った。

その他のメディアも好評だった。ニュースによれば、渋谷や新宿、秋葉原の巨大モニターに映画のPVが繰り返し流れ、道行く人たちが足を止め、見入っていたようだ。

映画のタイトルや俳優の名前が、この日のトレンド上位を埋め尽くし、各局のキャスターが「電波ジャック」という言葉を使うほど、街中がダブルガン一色に染まった。

なぜ日向太が、これほどにまで詳細を把握しているかというと、公開初日の生出演予定をLINEに送りつけられたからだ。『どれでもいいからリアタイでスクショして』と。『スクショ一回で握手、三回で映画無料観賞券、五回で足つぼマッサージ、七回で全身マッサージ。八回でハグ、九回でキス、十回以上は、もれなく添い寝をプレゼント』

プレゼント内容を羅列され、「そんなもんいらん」と即レスしたが、映画無料観賞券は欲しいかも。

だが、わざわざ自分からアクションを起こさずとも、電車内のビジョンや駅コンコースの柱巻き広告・アドピラーはダブルガンに占拠され、視界から省くのが困難なほどだ。

面白いし、記念になるから撮ってしまうが、簡単に添い寝のプレゼント回数を超えてしまった。……一城に送信しなければいいだけの話だ。

膨大な量の宣伝に対し、「やりすぎじゃね？」と思うものの、これらは世間の、今作への期待の現れだと思うと、同居人兼ハウスキーパーとしては喜ばしいかぎりだ。

だから一応身近にいる人間としては、一城を応援するつもりで、まずはニュース番組のスクショを『視聴中』として送信した。握手券はいらないし、マッサージも添い寝も不要だから、狙うは映画無料観賞券だ。リアタイスクショ、残り二回。

局から局への移動中にチェックしたのだろう、ほどなくして既読になったトーク画面には、『感謝！』のスタンプが表示された。

続けて『晩メシの時間に帰れない』のあと、『明け方に玄関へ倒れこむ予定』と来て『の字の卵焼き食いたい』と差しこまれ、『甘めで』と、まだ昼を過ぎたばかりなのに、お疲れモードの泣き言が届いた。

『具体的でありがたい。時間と食材を無駄にせずに済む』と打ち返し、二回目のスクショを送るついでに、『ファイト！』のスタンプも追加した。

頑張っている同居人の、今日一日を振り返ってやるか……と次々にスマホで検索したら、情報量が多すぎて、網羅できないうちに午前三時を回ってしまった。

一城が凱旋（がいせん）帰宅を果たしたのは、明け方の四時。

ドアロックの解錠音に気づけたのは、耳を欹（そばだ）てていたからだ。

キッチンで卵液を作っていた日向太は、リビングのドアに視線を移した……が、開く気配はない。

「空耳……？」

かもしれないが、念のために作業を中断して手を洗い、リビングのドアを出て、玄関を確認すると。

「……げ」

宇宙の藻屑（もくず）が、仰向けで漂着していた。

おそるおそる近づいて、肩のあたりを爪先でつつき、「生きてるか？」と呼びかけると、閉じていた瞼が少し開いた。こいつ、めちゃくちゃまつげ長いな。

「……ただいま生還、任務完了」

ぐったりした声の報告に、「ご苦労だった」と、ひとまず労う。生肉色のロングフーディではなく、黒のパーカーにジャケット、ダメージデニム。メディアに出ていた服装ではなく、普段の一城に戻っている。

「さすがに疲れた……」

「よく頑張ったな。お前のおかげで、地球の滅亡は回避したぞ」

「それはよかった。でもマジ疲れた。せめて半日爆睡したい」

冗談に気づけないほど疲労困憊の一城が、「立たせて」と両手を上に伸ばす。仕方なく右手を差しだすと、ガシッと両手でつかまれた。疲れているにしては握力が強い。

デカい図体を、なんとかしてリビングまで引きずってやりたいのだが、重くてビクとも動かない。それに一城の腕の力は、日向太より遥かに強い。

引っぱりあった結果、日向太が足を滑らせ、尻もちをついた。逆に一城に「大丈夫？」と心配される情けなさだ。

立ちあがったら、へへっと一城がまた笑った。ひとりで立てるし歩けるくせに、なんならスキップもできそうなのに、「歩けない。リビングまで連れてって」と、わかりやすく甘えてくる。

伸ばされた手を握り、体重をうしろにかけて引っぱるが、やっぱり動かない。

「ヒナ、弱すぎ。もっと筋肉つけないと、俺を支えられないよ？」

「俺は標準。お前が重すぎ。俺ひとりの力じゃ無理。ほら、足動かせ」

反動をつけて引っぱっても、一城は目尻を下げて笑うばかり。甘えたがりの依存体質をフルに発揮している姿は、可愛くはないが微笑ましい。

「おんぶして、ヒナ。背骨、太くなったんだろ？」

「無理。潰れる」

「お姫様抱っこして、ヒナ」

「無理。腕が折れる」

「じゃあ、俺がヒナをお姫様抱っこする」

「意味不明。肩だけなら貸してやるし」

かくして一城の腕を肩に回して腰を支え、リビングのソファまで移動した。身長差も力の差もありすぎて、杖としてはまったく役に立たないが、一城が満足そうだから、それはそれでヨシとする。気持ちの杖くらいには、なれただろう。

ソファにゴロンと仰向けになった一城が、日向太に優しい笑みを向ける。

「俺、今日すげー頑張ったよ、ヒナ」

「うん、知ってる。お疲れさん」

「観てくれた？　全局の電波ジャック」

「ああ。どのメディアもダブルガン一色だった。東郷一城の影武者、十人くらいいるんじゃね？　ってマジで思った」

「ほんとに観てた？　どのくらい観た？　俺、どんなふうに映ってた？」

あまりに知りたそうだったから、スマホを手にして、撮った写真をスクロールして見せてやった。「添い寝じゃん」と、勝ち誇ったような声で一城が言う。

「三回じゃねーじゃん。ヒナ、確実に十回以上撮ってる。ほら」

「え？　いや、お前が訊くから見せただけで、送信してねーし」

「おめでとうございます、小森日向太くん！　豪華・添い寝プレゼントです！」

パチパチと手を叩いた一城が、添い寝して～と甘えた声で両腕を差し伸べてきた。「俺が添い寝してやる側？」と呆れたら、腹を抱えて笑われる始末。

こんな一城を見ているだけで、日向太の目尻も自然に下がる。

「嬉しそうだな、一城」

「うん、すげー嬉しい。今日は人生最幸の日！　最も高いじゃなくて、幸せのほう」

「だな。主演映画の公開おめでとう」

「……じゃなくてさ」

なにかモゴモゴ呟いた一城が、「ヒナ、引っ越し疲れで寝てるかと思った」と言いながら、日向太のルームウェアの袖をチョイチョイと引っぱってくる。

待っててくれたの？　と、図々しいセリフを吐かれ、包み隠さず答えてやる。

「お前の情報を追っかけていたら、膨大すぎて午前三時。小腹が空いてメシ食ってた」

なんだそれと笑った一城が、鼻の穴を膨らませる。

「いい匂いがする。なに食ってたの？」

「梅茶漬け」

「あ、俺も食いたい。……でも梅茶漬けにしては、匂いが甘い」

「うん。のの字の卵焼きも作ったから」

マジ？　と一城が跳ね起きた。もう歩けないと泣き言をほざいていたくせに、普通に元気だ。さすがはダブルガン主演俳優。体力がハンパない。

「俺のぶん、ある？」

「お前のぶんは、いまから作る。どうせなら出来たてのほうがいいかと思って、顔を見てから焼くつもりだった。食う？」

食う！　と声を弾ませる一城に「二分待て」と掌を向け、キッチンへ移動する。

ソファで待つかと思ったら、一城はクッションを抱きしめていそいそとあとをついてきて、ダイニングのイスに腰を下ろした。そして映画の主題歌を、小さな声で口ずさむ。どこから見てもご機嫌だ。

だから日向太は苦笑して、こんな時間に卵を焼く。

卵焼き器を温め、油を流してティッシュで伸ばす。そこへ卵液を流しこみ、広げながら薄く敷き、表面に火がとおる前に焼き海苔を載せ、スパチュラで手前から巻いた。

棒状にしたそれを手前に引き寄せ、空いたスペースに再びティッシュで油を伸ばし、残りの卵液を流しこんで、またクルクル。

熱々のそれをまな板に移し、六等分にカットする。切り口を見せて皿に載せ、「二分で完成」と胸を張り、梅茶漬けを添えて一城の前へ置いてやった。

うわぁ！　と目を輝かせ、クッションをポイッと背後に投げ、「お茶漬け卵焼き定食」に両手を合わせる一城は、まるで腹を空かした大型犬だ。

「夜食の定番・梅茶漬けと、俺の憧れ・のの字の卵焼き、出来たてバージョン！」

「食レポはいらねーから、熱々のうちに食え」

「そうする。いただきまーす！」

一城が卵焼きを箸で持ちあげ、「おお……」と声を震わせた。大袈裟な表情につられ、一度はスマホを構えたが、プライベートを切り取られるのは不快だろう。

やめとこ……とスマホを下ろしたら、「撮ったら送って」とせがまれた。「撮っていいのか？」と驚くと、「ヒナだもん」とあっさり許可され、気が抜ける。

「甘〜い！　ほっかほか！　超幸せ！　梅茶漬けも美味い！　癒される！」

頬を押さえて身を捩る一城がおかしくて、試しに数枚連写する。クタクタで帰宅しておきながら、どの瞬間もイケメンなのは、さすがだ。

調子に乗った一城が、のの字がよく見えるように卵焼きを箸で挟み、「あーん」とバカでかい口を開けるから、もちろんアップで撮ってやる。

バカ面、とコメントをつけて一城に送ってやったら、自分の手元でそれをチェックした一城が、ブホッと噴いた。卵焼きが喉につかえたか、海苔がどこかに貼りついたか、拳で胸を叩いている。そして「俺の顔ヤベェ」と楽しそうに自虐するのだ。

「これは、イケメン俳優・東郷一城じゃない。旅館で枕投げするガキの顔だ。修学旅行で鹿の糞を踏みまくって、靴の裏に糞をくっつけたままバスに乗って、みんなに嫌がられるタイプだ。体育祭のリレーでわざと逆走して、みんなからブーイングされるヤツだ」

「……修学旅行、奈良じゃなくて長崎だし。リレーで逆走したヤツ、三人いたし」

数枚のスクショで、架空の思い出を創って喜ぶ一城が哀れで、ちょっと頭を撫でてやりたくなった。……しないけど。

だが、明るすぎるのも心配だ。疲労感がピークに達するとアドレナリンが過分に放出され、感情の抑制が利かなくなると学んだのは、たしか大学二年で受講した心理学だ。学生に甘い教授だったから履修したのだが、一番面白い科目だった。

「一城。お前、ワーキング・ハイじゃね？　マジで一回、息抜きしろ」

真顔で警告したら、ワーキング・ハイ……と小声で復唱した一城が、ブーッと盛大に噴きだした。笑いながら、目尻の涙を拭っている。とんでもない空振りだったらしい。

「ハイは俺のベーシックフォーム。ヒナのテンションが低すぎるだけ」

逆に指摘され、たしかに、と素直に認める。

言われてみれば高校時代の一城は、弁当を食うときはテンションＭＡＸだった。食いしん坊の甘えん坊で、メディアで見せるような渋キャラのかけらは全くなかった。

「俺はいま、インターバルを噛みしめているんだ」

ふざけた顔を穏やかに戻し、一城が卵焼きを食らう。

「電波ジャック中に、ダブルガン役を少しずつ体から抜いたよ。やっとあの役を客観的に語れるようになって、いまはもう……そうだな、残存率十パーセントくらいか」

「役って、そうやって抜くのか。知らなかった」

「人それぞれだよ。監督のカットの声で、気持ちを切り替えられる人のほうが多いんじゃないかな。……いま俺は、次の役を体内に呼びこむまでの、つかの間の自分を満喫中。そこにヒナと、ヒナの懐かしい手料理だよ？　高校生みたいに、はしゃぎたくなるって」

日向太は普段ハイテンションになることもないし、感情を剥きだしにするタイプではないから、いまの説明で理解できたし、共感もした。そういうことなら安心だ。

一城の陽気さを「病む前触れか？」と身構えたが、うまく感情を発散することでメンタルをコントロールする術を身につけているのであれば、さすがはプロだと感心する。

「お前の弁を要約すると、西藤一城は靴の裏に、鹿の糞をくっつけて歩きたかったと」

そこだけクローズアップするんじゃねーよと突っこまれ、顔を見合わせて笑った。

そして諸々のお祝いに、のの字の卵焼きをもうひと巻、作ってやった。

最高に沁みる――。そう呟いて好物を噛みしめる一城を、「お疲れさん」と、心の底から労った。


窓の外が、うっすら明るくなってきた。……朝五時だ。

テレビを点けると、世の中はもう動きだしていて、早朝の情報バラエティ番組のキャスターが、眠気とは無縁の爽やかな笑顔で昨日のニュースを振り返っている。

「あ、一城の舞台挨拶」

ほら、と声をかけてテレビの前へ移動した。ここにいる一城とは似て非なる……と敢えて前置きを入れたくなるほど隙のないイケメンが、マイク片手にコメントしている。

「お。超かっこいい俳優が出てる。誰だろ」

そう言ってイスから身を乗りだした一城が、「あ、俺か」と拳で軽く頭を叩き、テヘッとおどけてみせる。そのコミカルな姿に、本当に同一人物か？　と笑みが漏れた。

「もうずいぶん昔のことみたいで、忘れてた」

他人ごとのように言ってイスから腰をあげ、一城が大きく伸びをした。そしてフラフラとソファへ移動し、ごろりと横になる。

こんな時間に腹を満たしたら、そりゃ眠かろう。日向太は自室からブランケットを持ってきて、一城の体に広げてやった。

ふふ、と笑われ、「なに？」と訊くと、「こういうの、ずっと憧れてた」と照れくさそうに微笑んだ。そんな顔をされると、こっちまで恥ずかしくなるからヤメろ。

「そういや、昔お前が出演した『北の大地』で、こういうシーンあったよな。馬の出産につき添うお前が、うたた寝してさ。幼なじみから毛布をかけてもらう場面」

一城の初ドラマ出演作の、初々しい演技の記憶を遡ると、「あれは創作。これは現実」と、わかりやすく線引きされた。

睡魔の訪れを邪魔しないよう、「今日はオフ？」と小声で訊ねた。黙って首を横に振る一城が哀れで、少しは休めよ……とため息が漏れる。

「何時に起こしてほしい？」

「七時に佐久間さんが、迎えにくるから、六時四十……じゃなくて、五十分」

シャワーだけ浴びて、すぐ出る……と、いまにも眠りに落ちそうな声だ。

「わかった。じゃあ、それまで寝てろ」

「……ヒナは？　寝ないの？」

腕を伸ばして「おいで」と誘われたが、日向太が叩き落とす前に、その腕はふにゃりと曲がって、だらりと下がった。腕を上げる余力も果てたか。

「ヒナを抱っこしたまま、満身創痍の戦士は、深い眠りにつきたいのであーる……」

「お前は体が資本だから、一分でも長く寝ろ。俺は一城が出勤したら寝る」

「……ご飯、まだ残ってる？」

「ああ。起きたら、食う時間ある？　ねーか」

「胡麻みそネギの……豚肉にぎり。車の中で、食べ……たい」

「わかった。握っといてやるから寝ろ。おやすみ」

おやすみ……と笑った一城が、ストンと一瞬で眠りに落ちた。

微笑みは、仕舞い忘れたままだ。

世間が連休に浮かれていても、東郷一城は相変わらず超人的な激務をこなしていた。連日どこかのメディアに生出演し、宣伝に奔走しているが、それ以外の時間は、次のドラマの台本合わせや筋トレに勤しんでいるというから、まさに俳優は体力勝負だ。

そんな一城へのエールというわけではないが、日向太は早々に映画館へ足を運んだ。一城が無料観賞券を十枚もくれたから、店長には「店長がトイレに入っている間に、グル弁の関係者が置いていった」と偽り、交代で六本木シアターに日参したのだ。

映画の出来は、すこぶるよかった。手に汗握り、息を止め、前傾姿勢で観賞した。漫画と遜色ないどころか、実写版でしか表現できない大迫力とスピード感に、無感情を自認する日向太でさえ、上映後は席から立ちあがれなかったほどだ。

大激戦の末、ダブルガンは敵もろとも宇宙空間で爆死する。主人を失ったショットガンが二丁、ゆっくり遠ざかっていく。そして流れる、切ないエンドロール……。

日向太は映画館を出てすぐに、一城のアカウントを探して生死を確認した。……新品の十円硬貨みたいな色に染め変えた髪を指で引っぱり、『次の俺』と呟いたのは、まだほんの二十分前だ。よかった、生きている。宇宙の藻屑になど、なってはいない。

鑑賞後、映画館から出てくる観客のほとんどが目を赤くしていた。泣きじゃくっている人たちや、凄かったね、よかったね、と感動をしきりに声にしているカップルもいた。

映画のパンフレットは、マンションのリビングに放置されているから買う必要はない。だが観終えた余韻が予想外に大きく、まだこの世界感に浸っていたい、この世界のものを家まで連れて帰りたい、などと思ってしまった。

よってピンバッジを三個購入して、被っていたキャップに飾った。それでは足りずにアクリルキーホルダーも奮発し、ボディバッグに装着した。

いつも部屋で見ている顔をぶら下げているのは不思議な感じだが、コレはコレ、アレはアレ。東郷一城は、すごい俳優だ。西藤一城は、さほどでもないが。

そしてLUNCH BIXの店長はといえば、グル弁のロケで下げに下げた東郷一城への評価を、今回の映画で急上昇させ、ダブルガンの沼に堕ちた。シンプルだった弁当の受け渡し口は、いまや映画関連グッズで賑わっている。

日向太が買ったのと同じアクリルキーホルダーも、窓口に十個もぶら下がっている。

「あの男は自分の命と引き替えに、地球を守ったんだ。俺もこの店を守らねぇとな」

……だそうだ。

大型連休が終盤を迎えるころ、一城の外見に緩やかな変化が訪れていた。

日に日に肌の色が濃くなるから、日焼けサロンにでも行っているのかと訊ねたら、サッカー選手の元でトレーニングを積んでいると返され、馬鹿な質問を恥じ入った。肌を焼くのは、次のドラマの役作りらしい。

一城とは異なる事情だが、日向太の大型連休も、それなりに変化の連続だった。

ドラマのロケが始まれば、日向のハウスキーパー業も本格的にスタートする。東郷一城の食事の管理が、日向太の主な仕事になるのだ。

メニューがネタ切れにならないよう、バイトの傍らアスリートメニューを研究し、ついでに足腰のマッサージも動画で学習していたら、あっという間に連休が終わっていた。

だがこれで、八月中旬までのロケを乗りきる準備は整った。これなら一城も安心して、仕事に打ちこめるだろう……と、大らかに構えていた自分がバカだった。

なぜなら俳優・東郷一城は、憑依型。

そして次なる役柄は――――ほら、アレなわけだから。

その日、バイトを終えた日向太は、都営大江戸線で青山一丁目駅まで移動した。

次に半蔵門線の改札を抜け、渋谷方面のホームへ降りる。タッチの差で乗り損ねるが、次の電車はすぐに来るから焦りはない。

先日まで住んでいたアパートは中目黒駅だから、六本木まで直通だったが、いまは一度乗り換えを要する。いままでが楽すぎたぶん、この乗り換えが面倒だ。

「今度、自転車で行ってみるか」

首都高沿いに走れば、道に迷う心配もない。緩い坂道は不安だが、帰りは下り坂。気候さえよければ電車より快適かもしれない。なにより電車賃が浮く。

地図で距離を確認しようとスマホを開き、ふと気になった検索サイトの「話題」をタップして、お、と見入る。

「トレンドランキング、また首位か」

大型連休が終了しても、東郷一城の名前が上位から消えることはない。

「ダブルガン人気、マジすげーな」

映画人気と決めつけたのは、上映公開一週間の日本映画歴代興行収入ランキングで、トップテン入りを果たしたからだ。この調子で快進撃を続ければ、一カ月後には五本の指に入るかもしれないと、大きな期待が寄せられている。

おそらくそのニュース絡みだろうと思い、一応フォローだけはしている東郷一城のソーシャルメディアのアイコン……映画宣伝用スチールのキメポーズを探し、最新情報を得ようとするが、なぜかアイコンが見当たらない。

「おかしいな、フォローしてるのに。……あ、あった」

アットマークにＩｋｋｉＴｏｈｇｏｈ。苗字に「ｈ」を挟んでいるのは、パスポート表記を意識したのか、発音重視か。

この公式アカウントのプロフィール写真が、見慣れた金髪とノーフィンガー・グローブではなく、十円玉ヘアにユニフォームの爽やかサッカー青年に変更されている。

「世間はダブルガン一色なのに、本人の気持ちは次の仕事かよ」

気持ちの切り替えができないどころか、いつまでもダブルガンに浸っていたい映画ファンとしては少し寂しい。だが注目されている今だからこそ、ドラマの宣伝効果は高い。

新作ドラマは六月頭スタートだ。できれば映画に負けないくらいの前評判で、初回放送に突入したいところだろう。映画で高評価を得たからこそ、一城本人はこの波をキープしようと、案外必死なのかもしれない。

「あ、投稿されてる」

白い円の写真が目に入った。次の役柄はプロサッカー選手志望の大学生だ。この白くて丸いものはサッカーボール……と勝手に連想を働かせたが、全然違った。

「……これ、皿じゃね？」

白い丸皿の中心に、黒い渦巻き模様入りの、黄色い丸い小さな物体が置かれている。最近どこかで見たような……と眉を寄せ、直後にザッと血の気が引いた。

「これ、おまっ、ののっ、じっ、やきっ！」

人生初、立て続けに頬の内側の肉を二度も噛んだ。動揺が半端ない。

そこにアップされていたのは、なんと日向太の、のの字の卵焼きだったのだ。

「待て、なんで？　え？　なんでこれアップする？　おかしくね？」

すぐに気づけなかった理由は、脳が認識を拒否したからだ。なぜなら、こんな公の場所で見るはずがないものだったから。

これは完全に西藤一城だ。東郷一城のイメージじゃない。ついに総フォロワー数三百万人を超えたアカウントで晒していいブツではない。おまけに「熱々」と書いてある。

「作りたて感、ハンパなくね？」

……いま電車が到着した。乗客を入れ替えて、またすぐに発車する。乗り損ねたが、正直いまは電車に向かって足を踏みだす余裕はない。理由を探るために全力で思考中だ。

再び電車を待ちながら、東郷一城の呟きを凝視して、投稿の真意を必死で探る。

「もしかしてお前、俺に送るつもりで、間違えてアップした？」

間違いか手違いかは不明だが、とにかくいま現在、日向太の手作り卵焼きが、世界中の東郷一城ファンの目に晒されているのだ。築地の有名な卵焼きではなく、老舗鮨店の出汁巻きでもなく、どこにでもある家庭料理が。

「早くも『いいね』が三万超えた……っ」

見ている間にも数値は増え続け、あっという間に五万を超えた。フォロワーからのコメント量も膨大で、反響の大きさに気絶しそうだ。

『ちっちゃいロールケーキかわいい』

残念。これはロールケーキに擬態した卵焼きなんだよ、お兄さんもしくはお姉さん。

『ロールケーキなぜ熱々？　クリーム溶けるよ』

卵焼きだからクリーム塗ってねーし。塗ってねーから溶けねーし。

「いや、ねーわ。絶対ねーわ」

セリフは棒読みだが、日向太は激しく動揺していた。動揺しすぎて語彙が貧困になる。

故意ではなく、送信ミスであってくれ……と祈る気持ちで、念のために、ひとつ前の投稿を遡り、顎が外れた。

あのとき日向太が撮ってやった、一城のバカ面の……どアップ。

そのうえ写真だけではなく、ゲロ甘なセリフまで添えられていた。『朝四時帰宅。起きててくれた。卵焼きも俺もほっかほか♡』……などと。

送信ミスじゃないことは判明したが、最後にハートマークをつける理由は？　その意図は？　狙いは一体どこにある？

『朝四時に一城の部屋で誰が待ってるの？』

『まさか同棲？　カノジョ？』

同棲じゃなくて同居だし。世間が想像する同居相手とは性別が違うし。

『一城キャラ崩壊ｗｗｗ激変しても好き♪』

賞金首の殺し屋から、スポーツマンで女たらしの大学生へ転身だ。おっしゃるとおり大激変だ。

脳内が大混乱の大渋滞でバグっている間に、またしても電車に乗り損ねた。だが、そんなことより。

「第三者が撮ったと丸わかりの構図で載せるなよ。自撮りっぽく編集しろよ」

スマホに向かって説教したら、ピコンッと投稿が更新された。

ぎえぇ……と驚愕した声は、辛うじて棒読みから脱却したが、これでも日向太は腰が抜けるほど驚いている。

添付されていた写真の、そのアルミホイルから覗くのは、焼き海苔を巻いたおにぎり。

ひとくち齧った真ん中には、見覚えのある具材がコンニチハ。

あの日、車内で食べる用に作ってやった、胡麻みそネギの豚肉にぎりだったのだ。

「アアアアップするなら、アルミホイルは隠せ！　バカ！」

珍しく声が裏返るほど、この写真には動揺した。

アルミホイルに包まれたおにぎりは、コンビニでもスーパーでも、おにぎり専門店でも見たことがない。どこから見ても手作りだ。

『移動中の車内。おにぎりの具は、愛』

愛じゃねーよ！　豚だ！


電車は、たぶん五本ほど見送った。

予定より遅くなったが、なんとか渋谷のマンションに到着した。

歩道や出入口付近で、普段は見ないような怪しい人物を五、六人見かけた。建物に向かって黙々と喫煙していたり、マンション前をうろうろしながらスマホで通話していたり、立ち止まって地図を確認しては、忙しなく視線を走らせたり。

樫本杏奈でも発見できればスクープだろうが、生憎そんなキラキラしたネタは仕込まれていない。

「すんません、元ネタが俺で」

期待に添えず申し訳ない……と、日向太はキャップを目深に被り、食材が詰まったレジ袋を両手に提げ、やや猫背の急ぎ足でエントランスホールに飛びこんだ。

あんな呟きを見たあとだから、外にいる全員が報道関係者だと言われても信じるし、こうなることも予測していた。

一城の投稿のリプライには、『恋人自慢?』『アルミホイルは手づくり確定』『樫本杏奈の手料理ですか?』など、アンチの解釈と憶測も混じり、炎上まではいかないものの、ちょっとした騒ぎになっていた。

そりゃ世間は驚くし、騒ぐだろう。東郷一城は既婚者だった? と、勇み足な噂まで流れても無理はない。なんといっても本人が世間を煽り、疑ってくれと言わんばかりの発言を垂れ流してしまったのだから。

エレベーターで十七階へ移動し、部屋に駆けこむと、日向太はリビングを横切って、音がしないよう慎重に窓を開けた。ベランダに出て首を伸ばし、そっと地上を見おろす。

部屋の位置が割れていることを想定し、下から撮られるようなミスは犯さない。あくまでこっそり、陰からそっと忍び足だ。

「……さっきの不審人物たち、やっぱ芸能記者だな」

日向太が十七階へ上がる間、立ち去ることなく定位置にいるのは、一城の帰宅を狙っているのか、張っているのか。

「……部屋の電気を点けたの、マズかったか？」

一城が帰宅する前に部屋の灯りが点いたと気づかれたら、「同居人」が存在する証拠を提供したことになる。でもマンションの下から見あげても、十七階の様子はわからない……と思う、たぶん。今度外から見あげて、角度や視界を確認しておかなければ。

まずは、部屋番号がマスコミに割れていないことを祈るばかりだ。

身を低くしてうしろに下がり、窓を閉め、ようやく緊張から解放された。真っ赤なソファに倒れこみ、騒ぎの鎮火を祈りながらスマホを取りだし、検索サイトで芸能ニュースを開いた直後。

驚きすぎて、手からスマホが滑り落ちた。

目に飛びこんだのは、『これが物議を醸しだしている卵焼きだ！』というタイトル。どうやら動画配信サイトに、分析動画がアップされているらしい。

リンクを辿って確認すれば、わざわざそれを試作した料理人が、ロールケーキではなく卵焼きですと笑っていて、ゾッとした。訂正の手間は省けるが、この解析動画は恐怖だ。

もう一度東郷一城のアカウントに戻り、新情報に青ざめる。

仕事情報一辺倒だった東郷一城のアカウントには、これまでには有り得なかったリア充ショットが、まるで噂を肯定するかのように……というか、トドメのように、三本連続で更新されていたのだった。

三本の内訳は、鮭ときのこのホイル蒸し、ベーコンオムレツとマッシュポテト、そしてアスパラの肉巻きと高菜のおむすび。ここは料理アカウントですかと突っこみたくなるほど、昨日までとは様変わりしている。

これらは十日ほど前……連休中の、とある日の夕食と、その翌日の朝食と、昼用の弁当に違いない。

コアなファンは「たぶん番宣」と、冷静な見解をコメントしている。その解釈には万を超える「いいね」もついたが、「そう思わせて匂わせ発言」と、辛めの意見も噴出だ。

そこからまた、異なる意見が派生してあちこちへ飛び火し、最終的に多数が口にするのは、「結局、誰の手料理？」だった。

友達だと言えば済む話なのに、なぜか一城はいまだにスルーだ。この騒ぎを面白がっているとしか思えない。それとも投稿だけして、コメントをチェックしていないのか。憑依型俳優の暴走か？　マネージャーの佐久間は、自社タレントのキャラ崩壊を止めないのか？　それともすべて計算か？

「境界線が曖昧すぎて、素人には全然わかんねー」

恐ろしや……と、精一杯の演技口調で怖がってみるが、どれほど動転していても、棒読みは棒読み。

映画の大ヒット中に、隠しネタを小出しに投下するのは、話題を途切れさせないための手段かもしれないが、それでもイメチェンが極端すぎる。

うまくいけば、ドラマへの期待も高まるだろう。だが一歩間違えば、これまで積みあげてきたイメージが崩れるし、いままでのファンが離れていく可能性もある。

特定の相手がいるかのように匂わせる行為が、今後にどう影響するのか。一城がなにをしたいのか、明解にしなければ胃がやられる。

眉間に寄せていたシワを、指でこすって伸ばしていたら、一城から連絡が入った。

待っていたと思われるのは癪だから、しばらく無視してやりたいが、そんなややこしい調整をしている場合ではないから、すぐに見た。

『地下駐車場に到着。腹へったー』

今回の騒動に対する弁解でもよこしたのかと思ったら、全然違った。

騒ぎを知らないはずがないのに、この呑気さは如何ともし難い。だが、正面玄関で待ち伏せている記者は回避できたのだと察して、それについてはホッとした。

『入口に記者がウジャウジャいる』

念のために送信すると、うんうんと頷くスタンプが返ってきた。そして、『駐車場側の入口はガードマンつき。侵入不可能だから安心』と続き、日向太も安心することにして、胃の負担を軽減した。

さすがは高級マンションだ。セキュリティの高さは、日向太が住んでいたアパートの比ではない。……比べるのも失礼か。

一城の投稿に振り回された、この数時間の悪夢を振り返りつつ、『話がある。さっさと上がってこい』と、怒りマークを付けて返した。

急ぎます！　のスタンプと、ハートがぽわぽわ動くスタンプの連打にゲンナリする。

「……ハート？」

勘が働き、胸がざわつく。まさかとは思うが、この日常的なやりとりまで垂れ流したりしないだろうなと、一抹の不安が胸を過ぎる。

ごくり……と息を呑み、おそるおそる一城のアカウントを開いたら、案の定――。

新たな火種が、軽やかに拡散されていた。

『話したいってきみは言うけど、『愛してる』以外、言うことある？』

無闇に爆弾を投下するなっ！


イライラしながら腕組みをして、玄関口で待つこと二分。

ほどなくして、ガチャッとドアが開いた。

わぁっ！　と歓声をあげたのは一城だ。顔を引きつらせる日向太を、出迎えと勘違いしたらしい。どこまでもおめでたい野郎だ。

「玄関で待っててくれたの？　ただいまヒナ！　愛してる！」

両手を広げて抱きついてきた爆弾野郎を、まずはスリッパで袈裟（けさ）斬りにした。

『愛してる、しか言えない』は、新作ドラマのタイトルだ。

この呟きによって、東郷一城の一連の「匂わせ行動」は、新作ドラマのプロモーションだったと好意的に解釈された。

現実と混同したフォロワーが騒ぎを大きくしたと結論づけられ、やがて火種は鎮火した。ただし、誰が料理を作ったのかは謎のままだ。暴かれずに風化することを祈る。

関係者が話題作りのために始めたという意見に、日向太も心の中で賛成票を投じた。

そもそも東郷一城は、プライベートに関する発信を普段から控えていた。

それゆえ、鵜呑みにした人はファン歴が浅いと揶揄され、それはそれで、もう一悶着。

いまだに「騙された！」と怒っているのは、日向太の検索によれば、ごくわずかだ。

「……かくして東郷一城のファンは、『まんまと釣られたw』『さすが演技派』『ドラマ楽しみ』と、さらに期待値を高めたようだ、ってよ」

ダイニングテーブルで食事中の一城の横に立ち、「聞いてるか？」と睨みつけるが、「ふうん」と鼻を鳴らされただけ。膨らんだ両頬に詰まっているのは、煮豚の炒飯(チャーハン)だ。

いま一城は夕食に夢中のため、思考力が著しく低下しているようだ。だからファンの見解が正解なのか、不正解なのか、その曖昧な反応からは読みとれない。

「今日までのことは目を瞑る。でも今後はプロモーションに、俺の料理を巻きこむな」

「巻きこむ？　なんの話？」

「だから、俺の料理を載せるな。不可解なキャプションで世間を煽るな」

「なんで？　なにがダメ？」

「ハズいから。お前のタイムラインに自分の手料理が流れると、血の気が引く」

「なんで？　いいじゃん。みんなも楽しんでくれてるし」

やっぱりわざと煽ってるな？　と目を吊りあげたら、「自慢したくて」と邪気のない笑みを向けられ、気が削がれた。文句をいうのも虚しい。

「なぁヒナ。今夜の炒飯も超美味い。このチャーシュー、味が染みて、すげー柔らかい。ゴロゴロ入ってて、食べ応えも半端ない。もう俺、普通の炒飯とか食えなくなる。どうやって作るんだ、こんな美味いもの」

萎(しお)れ気味だった気持ちも、絶賛の嵐でにょっきりと起きあがる。

「醤油、酒、生姜、オイスターソース、蜂蜜。このタレに煮豚のブロックを一晩漬けて、大きめのサイコロにカットしたものを、玉ねぎとご飯と合わせて炒め、鰹だし、塩胡椒、溶き卵、ちぎったレタスの順に軽く混ぜる。仕上げに豆板醤でパンチを効かせて完成」

一応説明をくれてやるが、その間も一城の手は止まることなく、ガツガツと蓮華(れんげ)で掻きこんでいる。食べ盛りの子供もしくは、冬眠明けの猛獣だ。

「本当はニンニクも入れたいけど、お前、あれだろ？　今日でサッカーシーンの撮影終了で、明日から、その……樫本杏奈と」

「樫本さんとじゃなくて、樫本さん演じるアキと、東郷一城が演じるサトルとのキスシーンね。ニンニク避けてくれてサンキュ」

なんでもないことのように言って口いっぱいに詰めこむ姿を見ていると、学生寮の寮母さんにでもなった気分だ。

「それにしても、お前のファンって寛大だな。思わせぶりな発言しやがって！　って、ぶちキレられてもおかしくねーのに」

感心半分、呆れ半分でキッチンへ戻り、なめこと玉ねぎの味噌汁を追加してやる。なにせ日向太もさっき帰宅したばかりだから、今夜は品数が少なめだ。……それなのに。

「なめこの味噌汁なんて、人生で三回くらいしか飲んだことない。この炒飯とのペアリングばっちり。口の中に幸せが溢れる。マジ嬉しい。愛してる、ヒナ」

惜しみない笑顔を向けてくれるから、作り甲斐はある。

「愛さなくていいから、黙って食え」

喜びは隠して辛辣に突き放すと、あ、と一城が目を見開いた。

「先に言っとく。俺、これからクランクアップまでは、私生活でサトルが混じると思う。息をするように愛を囁くけど、全部演技だから。まぁ適当に受け止めて」

「貝のように砂を吐くのか。わかった。適当に受け流す」

やっぱヒナおもしれ～と笑った一城が、さっそく「愛してるよ」と砂を吐き、さっさと食事を再開する。適当メニューで喜ぶのもサトルの演技のうちだとしたら、サトルは間違いなく愛されキャラだ。

日向太もテーブルにつき、蓮華を手にする。差し向かいで食事しながら、ときおり一城は空中を指でなぞるような仕草をしたり、ひとり言を呟いたりしている。

耳を澄ませると、「アキ」の名前が登場した。セリフを暗唱しているらしい。

こういうときは話しかけないほうがいいだろうと思い、日向太も意識を食事に戻した。


キッチンは対面式だから、食器を洗いながらでも、一城の様子は目に入る。

耳に刺したワイヤレスイヤホンを指で押さえ、リビングをうろうろと歩き回り、ひとり言を呟いている。台本を読みながらセリフを暗唱するばかりではなく、録音を聴きながら覚えるスタイルもあるのだと知り、へぇ、と感心した。

空いた両手で身振り手振りも練習できるから一石二鳥だ。さすがはプロ。

そんな一城を眺めていたら、ふと目が合った。邪魔をしてしまったか、申し訳ない……と視線を手元に落としたら、なぜか一城がこちらへやってきて、背後に立った。

水でも飲みにきたのかと思ったら、違った。ぴったりと体を密着させ、腰に両腕を回してくる。それだけじゃなく、左肩に顎まで載せられている。

「……なに？」

「なに、じゃなくてさ。適当に受け流してよ、ヒナなら」

「皿、洗いにくいんだけど」

「……恋人に対して、そんな言い方する？」

一城を相手にしているつもりが、いつの間にかサトルにジョブチェンジしたらしい。

「俺、アキじゃねーし。大根に練習台は、無理があるし」

肘で押すが、びくともしない。腕の力が強いのか、それとも頑固なのか。

「食器、そのまま洗い続けて。緊張と期待と、サトルへの不満を維持したままで」

「大根に高度な要求をするな。刺身のツマが精々だ」

「じゃあ刺身のツマは、黙って刺身を引き立てて」

うまいこと言うなーと感心したら、ヒナほどじゃないよと謙遜された。

「……こんな密着状態で何度もリテイク食らったら、樫本さんが可哀想だろ？　ラブシーンって、プロの俳優でもメンタルに響くからさ。本番で一発ＯＫ決めて、樫本さんを楽にしてやりたいんだ」

樫本杏奈を楯にされると、非常に断りづらいのだが。

「ヒナは俺が抱きついても、平気だろ？」

「うん、まぁ」

「バックハグのまま五分くらい、肩に顎を乗せても、なんとも思わないだろ？」

「まぁ、その程度は、別に」

「だからヒナで練習させて。俺、本格的なラブシーンを演じるのは初めてなんだ。仕事一辺倒だからカノジョもいないし。だからといって、ハグがぎこちないとか酷評されたくないし。やたらＮＧ連発して、現場で迷惑かけるわけにもいかないし」

　樫本さんを助けると思って、と頼まれては断れない。

「……好きにしろ」

　ブツブツ零し、ひとまず洗い物を再開する。ではよろしくと、改めて一城がバックハグのポジションを取る。Ｔシャツから覗く筋肉質の両腕は、絵に描いたような逞しさで、無意識に自分の腕と比較してしまう。

　日向太も決して細腕というわけではない。ごく平均的な体形だが、背中から一城にハグされて初めて、全体的にひとまわり小さいのだと思い知った。身長百七十二センチの自分でさえそうなのだから、樫本杏奈にとって東郷一城は、壁のような威圧感だろう。

　右腕で日向太の胸を抱き、左腕は日向太の腰に回し、肩越しの耳元で「アキ」と囁かれたときには、アキじゃないのに目が泳いだ。プロの囁き、恐るべし。

現在二十一歳……九月には二十二になるが、いままで誰ともつきあった経験がなく、清々しいほど爽やかに童貞街道をランニング中の日向太に、この密着度はヘビー級だ。サトルとアキは、かなり深い関係にあると推察する。

役柄に入りこんでいる一城には悪いが、「ちょっとタイム」と中断し、質問した。

「ふたりの背景、教えてくれ。サトルとアキの馴れ初めとか、現在の関係とか」

いい質問だなと感心されて、ちょっと照れた。こんな自分でも、少しは役作りのサポーに一役買っている気分になる。

だが、この質問の間にも、一城は大きな両手で日向太の体を撫で回している。もちろん服の上からだが、それでもこんなふうに可愛がられる樫本杏奈を想像したら、さすがにテンションの低い日向太でも……、おっといけない。邪推が過ぎる。

「アキはサトルに一目惚れ。他の女とつきあっていたサトルに二年も片想いののち、大学三年で、ようやく振り向かせることができたという設定。ちなみに、恋人歴は三カ月」

一番燃えあがる時期だよと、日向太の耳を啄みながら答えてくれるのはいいが、その行為は必要か？　ゾクゾクぞわぞわして、気持ち悪いんだが。

でもいまはサトルを増量中のようだから、なんとなく意見しにくい。なぜならサトルは日向太にとって、見ず知らずの他人だからだ。

そして日向太のベーシックフォームは、残念なことに人見知りだ。だからサトルには話しかけづらい。そこかよ！　と突っこまれそうだが、事実だから仕方がない。

「サトルの沖縄遠征に、アキはマネージャーとして同行し、ふたりは肉体関係を持った。それ以来、週に二日はサトルのアパートに泊まる関係。アキにとっては初めての男だ。どちらかというとサトルより、アキのほうが夢中な感じ」

「……あ～」

腑に落ちた。恋愛未経験者の素朴な疑問が、あっさり秒で解決した。そりゃサトルは当たり前のようにアキに触れるし、アキもサトルに身を任せるわけだ。

一城の左手が、日向太の顎にかかる。右の方がいいか？　やっぱり左か？　と自問自答しながら、最終的には鼻先が触れる近距離で、顔を横向きに固定された。

「……皿、洗い終わった」

無駄と知りつつ報告した。これは「離せ」と同義語だが、一城……じゃなくてサトルは華麗にスルーしてしまう。

「洗い終わったアキの手首をつかみ、背後から抱きすくめる。サトルの愛を疑うアキ、期待と不安に目を潤ませてサトルを見つめる」

「……刺身のツマに、刺身のモチベを要求するな」

「拗ねるなよ、アキ。お母さんとアキがそっくりだから、驚いただけじゃないか。見惚れてたなんて、アキの勘違いだ。俺の目に映るのは、アキだけだよ」

半端ない熱量の視線を注がれ、ボソボソと耳元で囁かれて、これは演技だとわかっていても、さすがに腰がザワザワする。

「……えーと、タイム」

「勝手にやめるな。演技続行」

「いやいや、マジ無理。続行不可能」

「続行不可能は却下。続ける」

「いや無理、まじ無理、お前の声とか視線とか、くそエロい」

声の低さにゾワゾワするし、まっすぐな視線はゾクゾクするし、動きは封じられて心臓バクバクだし、ハウスキーパーの労働内容から大幅に逸脱しているし。樫本杏奈の負担軽減のためとはいえ、これでは日向太の荷が重い。

「俺のこと、信じられないの？　アキ」

「耳元でしゃべるなって。鼓膜がヤバイ」

シッ、と叱られ、口を噤む。「カメラ寄りまーす。キッチンで燃えあがる恋人たち、いきまーす。とくにアキさん。途中で進行、止めないでくださーい。カットかかるまで我慢ですよー」と、まるで日向太のような棒読みで、一城が地獄の進行を告げる。

一城の目つきがサトルに変わった。アクション！　という監督の声は、確実に空耳だ。

「アキが俺を疑うなんて、こっちこそ信じられないよ」

「いや別に、うっ、疑ってねーし」

「信じているなら……させろよ」

うなじに唇を這わされながら、興奮気味に囁かれ、腰が抜けた。マジで抜けた。膝の力はもう抜けている。それでも立っていられるのは、ひとえに一城……サトルの腕力だ。

「ここで……しよ、アキ。俺、もう我慢できない」

いや待て、服の下に手を入れるな！　脇腹をサワサワするな！　やめろバカ！

「こっちむいて、アキ。キスさせて」

「えっ？　さささ、させねーだろフツー、いや俺、だから、うわっ」

き、キスとか、いままで誰ともしたことな……、えええーっ！

『途中で進行、止めないでください』と忠告されたから、頑張ったけれども。

バックから体をまさぐられ、肩越しに唇を貪られること、たっぷり五分。

カットの声がかかるより先に、気絶寸前で音をあげた。

『愛してる、しか言えない』の、第二話は、一城から聞いた話では、例のキッチンで立ったままのラブシーンが放送される予定だ。

日向太としては、身を犠牲にして協力したわけだから、そのシーンの完成形を見届ける義務がある。なんだったらエンドロールのクレジットに、演技協力として名前が載ってもおかしくない。……例え話だ。実際に載ったら錯乱する。

気恥ずかしさも拭えないが、それよりも、あの情熱的なキスシーンを樫本杏奈がどんなふうに演じたのか、知りたいという好奇心が勝る。

それに日向太だって本来は性欲旺盛な年頃だから、そういうシーンに興味がないわけではない。視聴理由を得て堂々と観賞できるのは、いいことだ。

その夜は一城も自宅でリアタイとのことで、放送時間前にはソファの下のラグマットにビールやつまみを並べ、ウォールパネルテレビの前で、ふたり並んであぐらをかいた。
「これ美味い。茹でだこ入りのポテサラ」
「うん」

「鶏肉のつくねも、青じそが効いて美味い。餃子の皮のピザも、すげー気に入った」

「うん」

「ヒナのテンション、今日も安定の低さだな」

「……ドラマ鑑賞中。話かけるな」

例のシーンが待ち遠しくてちょっと緊張していることは、見透かされたくない。

第二話は、冒頭からアキの母親フユコが、サトルに急接近する恐怖展開で始まった。フユコがサトルを誘惑する理由は、かつて自分を裏切った最愛の男の息子だから。そう、これはフユコの復讐劇。憎悪もひとつの愛の形だという隠れテーマがあるらしい。

サトルはその事実を知らず、美魔女のフユコに溺れてゆく。アキはアキで、サトルを振り向かせようと必死で……という、泥沼の予兆で三話へ続くはずだったのだが。

本編後にエンディングが流れ、二十三時のニュースに切り替わったとき、一城が「あーっ」と気の抜けた声をあげてうしろに倒れ、仰向けになって両腕を広げた。

「あのシーン、オールカットされた～っ」

ひどく悔しそうに顔を歪めている。あれだけ練習したのだから当然か。

日向太でさえ、少し悔しい。キッチンすら登場せずに二話が終了とは無念すぎる。人身御供が無駄になった。ただしキスシーンは途中で二回あったから、主演俳優ふたりの色気に、そこは日向太なりに興奮した。

「編集でカットされる部分って、役者には事前に報（しら）されねーの？」

がっかり感を引きずったまま缶ビールを傾けると、困惑顔で腕組みしていた一城が、腹筋だけで軽やかに上半身を起こした。

「映画なら当然あるけど、テレビドラマは毎週だから。撮って編集、撮って編集の繰り返しでワンクール。正直、演じている役者自身も、最終版を確認する時間はない」

他の仕事もあるしと補足され、納得した。それは一城だけの話ではなく、樫本杏奈も谷津島リリ子も同様だ。

「もし誰かが撮り直しを要求しても、俳優のスケジュールが空いているとは限らない。だから放送まで、マジで知らない。おそらく今回は、樫本さんのマネージャーあたりから注意が入ったんだと思う。イメージダウンに繋がるとかね」

「……たしかにアレは、清純派女優にはハードすぎ」

小声で本音を吐露すると、えっ、と驚かれ、「あれってハードだった？」と、目を丸くされたから、実際に腰が抜けたと白状するのは悔しくて、「俺のファーストキスを返せ」とマウントをとった……つもりが逆だった。

「えっ！　あれ、ヒナのファーストキス？　マジ？」

……しまった。マウントをとるどころか、強請のネタを提供してしまった。

一城が両手で口を覆い、うわーっ！　と目を輝かせる。言わなきゃよかった……と、日向太は缶ビール片手に顔を背けた。

「俺、ヒナの初めての男？　やべー、楽しい！　ちょー嬉しい！」

「初めての男って言い方、やめろ。人に聞かれたら誤解される」

「誤解じゃなくて、そのとおりじゃん。俺は、ヒナの初めての男か。すげーっ」

……言うんじゃなかった。くそぅ。

ひとしきり笑った一城が、ゴメンゴメンと謝りながら日向太のうしろに回りこみ、日向太の腰に両腕を巻きつけて引き寄せ、両脚で囲いこむようにしてあぐらを掻く。

キッチンでのラブシーン練習以降、こうしたスキンシップが地味に増えた。

もともと一城は高校時代から、やたら日向太にくっついてきた。だから、距離感のおかしさは昔からなのだが、それでもやっぱり増えたと思う。

たとえば、いってきますのハグ、ただいまのハグ。朝起きて顔を洗っている最中や、就寝前の歯磨き中にも、バックから腕を回してくる。夜、自分の部屋へ引きあげる前にも必ずギューーッとハグされる。

サトル成分増量中だから仕方ないっしょと一城は言うが、まだドラマは第二話が放送されたばかりで、収録も、やっと四話を撮ったばかりと聞いている。それなのに、現時点ですでに飽和状態だ。

この調子でスキンシップが増し増しになっていくのは、かなり困る。……困るといっても、動きづらいという以外、たいした実害はないのだが。

座位のバックハグを許したまま、「俺、ミノ虫になった気分」と呟いた。大きな体と長い手足で日向太をすっぽり包んだ一城が、「じゃあ俺はミノ」と、肩に顎を乗せて笑う。

「ヒナの発想、やっぱ面白い。次の台本では、この体勢でアキとキスするんだ。シチュエーションも同じ。恋愛映画を観ながら、どちらからともなく唇を寄せる。でもサトルの頭の中は、アキの顔にフユコを重ねて欲情しているっていう地獄」

くすくす笑った一城が、日向太の肩に顎を乗せたまま、体を前後に優しく揺らす。すでにぴったりくっついているのに、なおも密着を要求するのは、肌寒いせいもあるのだろうか。低めのドライに設定している空調温度を、明日からは二度ほど上げておこう。

いつものように耳を啄まれ、こめかみに鼻を擦りつけられた。……もう慣れっこになってしまったというか、慣れる自分も恐ろしいが、そんな日向太に一城が囁く。

「ごめんな、ヒナ。せっかく練習台になってくれたのに……放送されなくて」

「なりたくてなったわけじゃねーし。ほぼ無理やりだし」

「人生で一度きりのファーストキスを、俺に捧げてくれたのにね」

「捧げたわけじゃねーし」

あれは強奪、と睨みつけ、馴れ馴れしい顔をグイッと片手で押しのけた。その手を捕まれ、抱きしめられて、「この体勢からのキス、練習させて」と見つめられた。

角度の確認だけだから……と懇願され、しぶしぶ承諾した。こんな体勢で断ったら、OKするまで解放してもらえない。

「マジですするなよ？　この前みたいなのはナシな」

「ファーストキス奪われたの、そんなにショックだった？」

クスクス笑われ、「うるせー」と身を捩るが、ハグする腕は弛みもしない。

「顔、こっち向けて。欲しそうな目で俺を見つめて、ヒナ」

「ヒナって言うな。アキって言え」

こんがらがるから、と返しても、一城は無言で微笑むばかりだ。

「俺から目を反らさないで。逃げるのはナシ。鼻が邪魔でキスできないよ、ヒナ」

「ヒナじゃなくてアキ。鼻は定位置。カートリッジじゃねーから外せねーし」

非の打ち所のない顔が近づいてくるから緊張して、つい冗談で濁してしまう。

でも今夜の一城は、あまり冗談に乗ってこない。せっかく練習したシーンをオールカットされたのが堪えているのか……と思ったら。

「カットするのは勿体ない。監督に、そう思わせる演技ができなかった」

思考を読んだかのようなタイミングで吐露され、少しばかり責任を感じた。

「もっと作りこんでいかないと。使いものにならなきゃ、カットどころか干される」

「干されは……しないだろ。いくらなんでも」

「今回はよくても、次のオファーはないかもな。……たぶん、サトルにしては動きがぎこちなかったんだと思う。もっと自然にできるようにならないとダメだ」

「……そっか」

俺が大根じゃなかったら……とか、本物のアキだったら……とは思うが、無理すぎる。でも、せっかく頑張ったシーンが不採用になった責任の一端は、自分にもある……とは思わないが、一パーセントくらいは、なきにしも非ず。

「なぁ、一城。やっぱ俺では、練習相手として不足……」

「その顔、俺を欲しがってないよね？　鬱陶しいと思ってる顔だ。アキはサトルをそんな目で見ないよ。心が離れていくのを恐れているんだ。繋ぎ止めたいんだ、俺を」

「だから、俺には演技とかわかんねーし」

「だったら俺の言うとおりにして。……上半身を少しねじって、サトルを受け止める体勢をとって。……そう、そこでキープ」

　マジでするなよと忠告したにも関わらず、まったく抵抗できない体勢で、唇を押しつけられていた。とっさに唇を閉じ、舌の侵入を拒絶する。

「口あけて、アキ。応じてくれないなら、フユコさんのところへ行っちゃうよ？」

「ううう……っ」

「サトルに惚れ直させるチャンスなんだから、一番可愛いアキを見せて。……ね？」

「ぅうっ」

　頭の中で状況整理をすると……サトルとアキが自宅で映画を鑑賞中、主人公たちのキスに触発され、互いの唇を求めあうという、恋愛ドラマの王道シーンだ。

　一城いわく、こういう予定調和は視聴者に受けるらしい。ただし、いま一城が口にしているセリフも存在するのかどうかは疑問。

「俺の舌に、舌を押しつけてみて。……うん、いい感じ。そのまま、吸いついて」

「んん……っ」

「……ヒナの舌、ポテサラ味」

　生々しいセリフで現実に戻され、ボンッと顔から火を噴いた。

「ヒナって言うな！　アキだろ、いまは」

「……ヒナ、顔が真っ赤」

「だから、ヒナって呼ぶなっつーの」

「だってアキは、そんな乱暴な言葉遣いしないからさ」

「う……っ」

悪いのは日向太だと言わんばかりに唇を尖らせ、言い返す前にまた唇を塞がれ、仰向けでラグに押し倒されてしまうから、文句を並べる隙がない。

「いまは……えっと、どっちだ？」

「……サトル。だからヒナは、アキ」

上になった一城……いや、サトルが、日向太の……じゃなくてアキのTシャツの中に手を這わせ、脇腹や腰を撫で回す。ああ、ややこしい。

「ヒナ、ここは双方が求めあうシーンだよ？　刺身のツマじゃないんだから、せめて両腕は俺の首に回して」

「あ、そっか。……これでいいか？」

「もっと強くしがみついて。俺が欲しくてたまらない感じで。……うん、いいね」

「それはどうも。……んっ」

ピクッと反応してしまったのは、さらさらして気持ちいい親指が、乳首に触れたから。

日向太の困惑に気づいた一城が、「起爆スイッチ押しちゃった」と冗談めかしてくれたのは、助かった。ここでサトルを発動されたら、逃げ場がない。

「サトルだったら、止まってくれないよ？　触ったのが俺で助かったね、ヒナ」

「え？　あ、うん。……うん？」

一城で助かった……と同調するが、一城は一城として触ったのか？　一城がサトルを演じているのだから、一城で正解だろうけど……腑に落ちない。

感覚が麻痺してきた。ここはキリリと気持ちを引き締め、「でも」と忠告する。

「あんま変なとこ触るなよ。起爆スイッチを押すって、台本に書いてあるのかよ」

「押し倒すとだけ、書いてある。カットがかかるまでは延々ラブシーンだから、何パターンか試したい。谷津島さんも、ラブシーンが無駄に長引くのは嫌だろうから」

「谷津島さん？　樫本杏奈だろ？」

「押し倒したあと、サトルの脳内でフユコに変わるから、同じ体勢でフユコとも撮る」

「……ちょー羨ましい」

「だろ？　美貌の母娘が脳内で交錯すんの。最終的にはアキを抱きながら、フユコを喘がせるシーンに変わる」

「サトルって、鬼畜？」

「うん、最高に最低な鬼畜」

練習再開、と時間を巻き戻され、「万歳して」と促されるままに両手を頭上に伸ばしたら、あっさりTシャツを脱がされた。

「……あ」

「なに？」

「ブラしてないから、乳首まる見え」

言ったら、一城が盛大に噴きだした。日向太の困惑などいざ知らず、一城ひとりが楽しそうだ。そんなに笑う？　と眉を寄せると、目尻に滲んだ涙を拭いながら質問された。

「乳首が見えたらヤバイの？　ヒナは」

「俺じゃなくて、フユコ。フユコは当然ブラしてるだろ？　いまどきの放送倫理では、公共の電波に起爆スイッチは映せねーし」

「……いいんだよ、いまは。練習だから」

本番のクオリティを練習にも求める一城が、珍しい妥協を口にした。

女優さんの体で試すわけにはいかないからと免罪符を突きつけられ、承諾した。

試すという言葉どおり、自分でもしたことのない手つきで、体中に触れられた。

いまも、脱がせたTシャツを日向太の両腕に巻きつけ、その腕を頭上で押さえつけ、起爆スイッチに触れられている。本当にこんなシーンがあるのか？　と何度も訊くが、「いろんな要求に対応するため」で押し切られ、なすすべもない。

「やべ……っ」

露わな体勢で乳首を攻められ、自然に腰が反り返る。足の指が鉤型に曲がる。

「やべぇ、これ無理。破裂する」

「破裂？　乳首が？」

「バカか！　俺の心臓がだ！」

脚で脚を押さえつけられ、両手首は強靭な片手につかまれて、いままで人前でしたことのない格好で胸を突きだしているのは、男でも抵抗がある。

樫本杏奈もしくは谷津島リリ子が、東郷一城にこんなふうにされるのだと想像すると、神聖なものを冒涜しているようで、ものすごく気まずい。

変質者になりたくないから、ふたりを脳内から退場させ、意識を自分に固定する。半裸で一城に嬲られているのは、女優陣ではなく、日向太だ。それはそれで結構ハズいが、女優陣の喘ぎ声を脳内で再生し続けるよりは紳士だと思う。てか、そう思いたい。

「感情むきだしのヒナ、新鮮。こんなヒナ、初めて見た」

「いちいち名前を呼ぶなっつーの」

「だって、まんまヒナじゃん。全然フユコじゃない。フユコはヒナみたいに恥ずかしがらないし、ヒナみたいに狼狽えないし、ヒナみたいに初々しくないし」

「ヒナヒナ言うな！」

「言われたくなきゃ、フユコみたいに誘惑して。俺を……骨抜きにしてよ」

顔中にキスされ、目をパチパチさせて狼狽えている間に、笑顔で唇を封じられた。

……まぁ唇なら、もう慣れたし。キスならフユコに負けず劣らず、一城を骨抜きにしてやれると思う……と、冷静さを欠いた理由でこの状況を受け入れかけ、「いやいやそれは違うぞ日向太」と、慌てて刷りこみを振り払う。

「待て、一城。そもそもお前、気軽に……キスしすぎ」

「じゃあキス以外は、気軽にするね」

誰がそんなこと許可した？　と唖然とした隙に乳首を吸われ、「わーっ！」と悲鳴をあげてしまった。仰向けになったカメのように手足をバタバタさせるが、覆い被さっている野郎が動じないから、寝返りで回避することもできない。

「なにしやがるテメェ、俺の心臓を爆破する気か！」

「あ、ごめん。起爆装置の使い方、間違えた。吸うんじゃなくて押すんだった。えいっ」

グイッと押されて、うわっ！　と飛びあがった。ヤバイ、股の間に雷が落ちる！

「吸うのも押すのもナシだ！　お前の読解力はポンコツか！　あっ、うわ……っ」

柔らかい唇が、掠めるように乳首に触れる。そうかと思えば舐め転がされ、もう片方の乳首を優しく揉まれた。股の間どころか、背筋や首筋や脚の裏まで、ものすごい速さでピンク色の刺激が駆け巡る。

「やべ……、あ、待て、マズいって、あ……っ」

「右と左、どっちが気持ちいい？」

「わ、わかん、ね……っ」

日向太は拳を口に押しつけ、喘ぎ声を我慢した。食いしばった歯の間から、いやらしい声が漏れそうで……これは聞かれるわけにはいかない。

「右がいい？　ヒナ。それとも左？　どっちなら許せる？」

指の腹でこね回されながら訊かれ、くう……っと忍耐の声を絞りだす。

「りょ、両方いっぺんに、やられると、感覚が麻痺して……っ」

そっか、と一城が微笑んだ。それもそうだ……と交互に弄られ、ますます感覚が怪しくなる。両方とも痺れて、どっちがどっちか区別できない。

「タップは許容範囲？　それとも舐められるほうがいい？」

教えてよ……と舌先で乳首を優しくつつかれ、ゾクゾクッと背筋が震えた。

「ねぇヒナ。答えてくれないと終わらないよ？」

「舐め……っ、あっ、違う、ゆ、指っ」

「舐めるほうだね、ＯＫ」

「だから、指っ！」

「最初に言ったほうが、ヒナの本心」

「うーっ」

どちらかを選択しなければ爆発するわけでもないのに。追いこまれた人間が思考力を失う典型だ。とっさに本音を口にした自分を呪うしかない。

「じゃあ、アクション。……フユコ、手首は衣服で拘束されたまま、豊満な乳房を見せつけるようにしてサトルを誘惑。サトル、フユコの胸をわしづかみ、吸う」

「え？　ええっ？　いや、も、もう……、ギブ……──ぅんっ」

柔らかくもない胸をつかみ、一城がそこに吸いついた。恥ずかしいから目を閉じているが、いま日向太は、間違いなく勃起している。……言っておくが乳首の話だ。

「ここはフユコの、今回一番の見せ場だ。自分の狙いどおりにサトルが溺れてゆくシーンだよ。俺に吸われて、思いっきり感じてみせて」

「そんな、こと……、言われて、も……っ、ぅうっ」

「……いま視聴者の目は、フユコに釘付けだ。サトルの魅力は、フユコの演技が左右すると言っても過言じゃない。だからフユコは、最高に気持ちよさそうな顔をしなきゃ」

「くすぐったくて……、そんなの、無理……っ」

「大丈夫。いまヒナが俺に愛撫されて、イヤじゃなければ……自然にできるよ」

嬲られているのは乳首なのに、連鎖反応で腰周りも揺れる。一城が覆い被さっているから、身を捩るたびに一城の頑丈な体格を思い知らされて、男としての差を痛感する。

一城の体の重さが、安心する。なぜか落ちつく。それなのに熱い。なんか……ヤバい。

「……ヒナ、すごくいい顔してる。すごく気持ちよさそう。これならサトルも安心だ。自分がフユコを気持ちよくさせているんだって、自信がつくよ」

「ん、あ………っ」

「カメラ、パン。口元アップ。淫らに絡みあう舌と舌。親指で乳首を弄られながら、恍惚となる。……クライマックスだよ、ヒナ」

「うう……、んんっ」

「舌、もっと動かせるよ、ヒナ。心を無にして、俺を求めて。やれるよ、ヒナなら」

「うん……――」

一城のリードは、スムーズだった。愛撫の手も、気持ちよかった。

思考力ゼロになった日向太は、巧みな一城に導かれ、どこまでも流されてゆく。

「……はい、カット」

小声で告げられ、放心したまま目を瞬いた。なんというか……飛んでいたかも。

リビングは薄暗く、ウォールパネルテレビだけが明るい光を放っている。……そういえば音が聞こえない。いつのまにか一城がミュートしたようだ。

聞こえるのはふたりぶんの、震えるような息づかいだけ。

「無事？　ヒナ」

「……無事に見えるか？」

「感じた？」

訊かれてギョッと目を剥くと、「そうじゃなくて」と苦笑された。サトルではなく一城に戻っているくせに、まだ日向太の上から退く気配はない。

「ヒナが感じてくれたなら、演技としては正解だ。ここはフユコを恍惚とさせるシーンだから。サトルにはアキよりも、フユコのほうが似合うんじゃないかと、視聴者の心に揺さぶりをかける重要な回だ。でも反対に、ヒナが全然感じなかったなら……」

　プツリと言葉を切り、一城が寂しげに肩を竦めた。

「谷津島さんの魅力を、うまく引きだせなかったってこと。要するに俺の力不足だ」

　そんなしょんぼりした顔で言われると、正直に感想を述べてやらなければとは思う。

「気持ちよくなかった？　ヒナ。俺、未熟？　やっぱりラブシーン、ヘタなのかな」

「ヘタではない、と思う、けど……」

「けどって、なに。ヒナ、ずっと我慢してた？」

「いや、我慢とかは……してない……けど」

「けど、なに？　じゃあ、感じた？　言葉を濁さず、イエスかノーで答えて」

　顔を覗きこまれ、迫力に押されて頷いてしまった。たちまち一城が笑顔になる。

「イエス？　じゃあ、瞼の裏がチカチカしたり、した？　イきそうだった？」

「い、イきそうって、そ、そんなハズいこと訊くな」

　思わず肘を突っ張らせるが、一城の厚い胸はビクともしない。それどころか日向太を潰すかのごとく体重を預けてくる。答えるまで逃がしてくれそうにない。

「ヒナにしかわからないことだから、ヒナに訊くのは当然だろ？　真面目に答えてよ」

　厳しい視線と真剣な口調で「早く」と睨まれ、大学で担当教授に叱られているような気分になってしまった。さっさとレポートを提出しなさい！　みたいな。

「もう一度訊くよ、ヒナ。俺にされて、イきそうになった？」

手首をつかまれて詰問され、その強い眼差しに、ちょっと引いた。そんな目で見つめられると、いくら演技でも動揺する。

「……いま言った俺って、どっち？」

「どっちって、なにが？」

「サトルか、一城か」

顎をしゃくって訊くと、は？　と顔を歪められた。「どっちでもいいじゃん、そんなの」と切り捨てられ、日向太も「は？」と眉を寄せる。そこは明確にすべきだろ？

「いいよ、もう。答えないなら、直接確認するから」

ふいに言われ、股間に手を伸ばされかけ、「おわっ！」と手首をつかんで阻止した。

腰をグイグイ押しつけてくるから、とっさに俯せになって接触を回避する。……男は具体的に形になるから、こういう場合はウソをつけない。

それにしてもリビングはこんなにも広いのに、ラグの上で大の男がふたり、団子状態になっているのが滑稽というか、なんというか。そのうえ日向太は上半身裸だ。

「ヤメロ、バカ！　ふたりきりだからいいものの、誰かに見られたら誤解されるぞ」

「……じゃあ、いいよね。ふたりきりだから。誤解するヤツ、いないから」

「殴るぞ、バカ。絶対に触るな！」

「じゃあ触らないから、正直に教えて」

「ぐうう……」

少しばかり固くなってしまったソコを自覚しつつ、恥を忍んで正直に答える。

「じつは、結構、ヤバかっ……た」

白状した直後、一城が上体を撥ね起こし、拳を固めて「シャーッ！」と吠えた。喜び弾けるその姿に、忍んだ恥も掻き捨てだ。あーあ、とため息を吐きだして、日向太も一緒に大笑いした。

「さすが演技派俳優だよな。途中からマジで焦った、俺」

「やった、ヒナに褒められた。イきそうだったってことだよね？」

「あー、まぁ、なんつーか、悔しいけど……でも、あくまで生理的な反応ってヤツな」

「うん、わかってる。だったら、そのままイッてよかったのに」

「イくかよ、バカ。てか、イッてたまるか」

くすくす笑って一城の下から剥いだそうしたら、背後から押し潰され、両手足を巻きつけられた。「お前はミノ虫のミノか！」と押しのけようとするも、「ミノ虫は、大人しくミノに包まれていればいーの」と、腕の中に取りこまれてしまう。

「サンキュ、ヒナ。ヒナのおかげで自信がついた。リラックスして本番に臨めそう」

日向太の肩口に顔を埋めた一城が、安堵の息を吐き、脱力した。コイツは毎日ずっと緊張しているのか思うと不憫で、同情する。

「どういたしまして。てか、俺がお前を安心させてやっているなら、お前がミノ虫で、俺がミノじゃね？」

「基本は甘えたがりだけど、包むのが好きなんだ。ヒナは大きすぎず、小さすぎず」

ジャストフィットの俺のミノ虫……と微笑んで、長い手足を巻きつけてくる。

「次はイかせてあげるね、ヒナ。楽しみにしてて」

耳を甘噛みしながら囁かれ、妖しい震えが背筋を這った。

喜びに水を差して申し訳ないが、イかせられたくないし、楽しみにもしたくない。日向太にだって、人前で粗相はしたくないという人並みのプライドはある。それよりも。

「……こんな長い尺で濡れ場って、女優陣の負担がハンパねーな」

不満をこめたつもりなのに、自分の声の響きが、普段より柔らかい。

「長めに撮って編集するんだ。いい表情や綺麗なポーズを選んで、繋いだり」

一城の声も同様に甘い。情事のあとの気怠い時間には、独特の湿度があると知った。

抱き竦められたまま顎をつかまれ、斜め上を向かされた。またキスか……と思ったときには、もうされていた。甘えたがりの大型犬は、マジで困る。

「ヒナの唇、ツヤツヤ」

親指の腹で唇を拭われ、「お前の唾液でな」と明確な理由を返した。

「いつもより、ふっくらしてる。色艶もいい。リップグロス塗ったみたい」

唇を揉みほぐしながら言うから、「お前が吸い倒したせいだろ」と呆れたら、熱っぽい目で微笑まれ、胸のあたりがザワザワした。……決して喜ばせる気はなかったのに。

「ヒナの唇が色っぽいのは、俺のせい。だってヒナは、俺としかキスしないから」

「お前としかしないわけじゃなく、お前としかしてないってだけだろーが」

誤解を生む言い方をするな、と睨みつけると、逆に一城がムッとした。他の人とする予定あんの？　と訊かれ、う、と答えに詰まる。

「だろ？　ないだろ？　だからヒナは、俺としかキスしない。これが結論」

まつげが触れるほどの近距離で宣言され、その瞳の迫力に降参した。

「……あのさ、ヒナ」

「……なに」

「俺たち、一時間も愛しあってたよ」

ほら、とテレビを視線で示され、すでに深夜の十二時だと知った。

俺たちの「俺」は、サトルか、一城か。サトルと言われればサトルのようだし、一城と言われればそんな気もする。それに、「愛」と「練習」を言い間違えたか？

とろけるような笑みを浮かべ、ちゅ、ちゅ、と日向太の頬やこめかみにキスしてくるから、「いま、どっち？」と訊いてみた。「ヒナの親友のほう」と返されて……自分と一城は友人ではなく親友だったのかと理解し、黙ってそのポジションを受け入れた。

たしかに普通の友人相手に一時間もラブシーンの練習は……いや、一分でも無理だ。

そもそも相手が親友でも、普通はキスなどしないと思われる。日向太の場合は、一城の職業が特殊なせいで、こんな羽目に陥っているのだ。

野球選手がキャッチボールの相手を必要とするように、一城はお芝居の練習相手を欲しているだけだから、そこは履き違えないようにしないと。

「……ねぇ、ヒナ。いまから俺がキスするのは、誰だと思う？」

「誰って、アキだろ？　あ、フユコか」

「違う。小森日向太だよ」

「……へ？」

わざわざ対象を明確にしてから唇を啄まれ、今度ばかりは顔から火を噴いた。

もちろん日向太は、最初から日向太だ。大根だから、アキやフユコの代役には限界がある。でもこの体勢でのフルネームは、さすがに動揺する。

「お前、いまサトルだよな？　サトルって、男もいけるタイプ？」

「サトルじゃなくて、ヒナの親友のほう。ヒナの名前を呼び続けないと、元の自分に戻れない。ずっと俺がサトルじゃ困るだろ？　体からサトルを抜く作業……手伝って」

わかるような、わからないような、大根に俳優の精神構造は理解不能だ。

「ヒーナ、ヒナヒナ」

「へーい、へいへい」

「へいへいじゃなくて、名前を呼んで。ヒナの声、ヒナの匂い、ヒナの感触、ヒナの味。ヒナの全部で、俺をサトルから一城に戻して」

「……すげーヤらしい言い方」

文句を言いつつも、「一城」と渋々呼んでやったら、ふふ、と一城が笑みを弾ませた。そして「ヒーナ」と言いながら、嬉しそうに唇を押しつけてくる。

日向太だと認識したうえでキスしてくるから、こちらの思考がこんがらがるのだ。まずは唇をもぎ離し、一城の口を手で押さえ、「ちょっと冷静になれ」と眉を寄せた。

「貝のように砂を吐くサトル役でも、これはヤバイぞ。相当ヤバイ」

「息をするように愛を囁く、だよ。ヤバイって、どのへんが？」

手を押しのけられ、鼻の頭にキスしながら問われ、「それだよ」と本気で困惑する。

「カットのあとも、樫本杏奈に対してこんなことしたら犯罪だぞ。杏奈ちゃん、杏奈ちゃんって追い回してキスしまくるのは、ただのセクハラ。俺だから許されるものの……」

ブツブツ零したら、「ヒナだから許されるよね」と揚げ足を取られ、「ヒナで慣れておけば、谷津島さんの胸に触れるときも冷静でいられる」と説明され、あんな大女優に、マジであれをやるのかコイツは……と、羨ましすぎて一秒死んだ。

ようやく一城が体を起こす。やっと解放された。重かった。

「ヒナが嫌な顔ひとつせず、つきあってくれるおかげだ。まさに経験は力なり」

嫌な顔なら三つも四つもしているはずだが、雰囲気的に訂正しづらい。

「サトルは女性に慣れている設定だから、グダグダなリードじゃ視聴者が冷める。スキンシップに注意を払いすぎて、役に集中できないのも悔しいし。……こういう練習は、ひとりでは物理的に無理だから、本当に助かるよ」

ラグにあぐらをかき、仕事を語る姿は一城だ。無事にサトルから離脱できたもよう。

問い詰めたいことは多々あるが、ひとまず日向太も身を起こし、水分を求めてキッチンへ逃げた。キスのしすぎで口の中がカラカラだ。

冷蔵庫からミネラルウォーターのペットボトルを取りだすと、俺にもちょうだいと一城もキッチンへやってきた。ふたりして冷蔵庫の前に立ち、腰に手を当ててグビグビ飲み、同時に「ぷはぁ！」と息を吐く。

「お前にTシャツ脱がされたついでに、俺、先にシャワー使っていい？」

「もちろん。俺はまだ、セリフを頭に入れたいから」

そう言って頷いた一城が、キッチンのカウンターに置いたままのワイヤレスイヤホンをつまみあげ、耳に装着しようとして……手を下ろし、力なく苦笑する。

「真面目な話すると、俺、フユコとのシーンが怖いっていうか、緊張するんだ」

「……谷津島リリ子って、たしか極妻もので、相当な場数を踏んでるよな」

「うん、濡れ場に定評のある人だ。これまで谷津島さんと共演した男優たちに、実力も経験値も遠く及ばないのは承知しているけど、それを言い訳にしたくないから」

思わずジッと見つめてしまった。こんなイケメンでも濡れ場に臆するのだから、日向太が童貞でも仕方がないと納得する。……なんの因果関係もないことだが。

だから、と一城が表情をコロリと変えて、にっこり笑った。

「フユコのターン、明日また練習しようね」

練習は俺の命綱だと、しみじみした口調で言われ、呆然とした。またサトルに乳首を舐め転がされるのですか俺は……と、晒したままの乳首がちょっとだけ疼いた。

まぁいい。もう考えない。日向太はくるりと踵を返した。

「じゃ、俺、風呂入るわ」

「うん。……あ、待ってヒナ」

なに、と振り向いたら手首をつかまれ、社交ダンスのように一回転して、逞しい腕の中にホールドされた。……もう、なにをされても驚かないが、しつこさには呆れる。

「いまみたいにアキを引き止めて、仲直りのハグをする」

「そういうシーンがあるんだな？　ないなら練習は終了。さすがに疲れた」

「ある。両手を俺の腰に回して、ヒナ」

仕方なく従うと、顔を両手で挟まれ、上を向かされた。手がひんやりして気持ちいい。

「ヒナの顔、小さい。俺の手の中に、すっぽり収まる」

「お前の手がデカいんだ。指も長いし」

「……サトルとアキ、仲直りのキス。アクション」

一城の顔が近づいてきた。仲直りというからには、アキは……どうするだろう。背伸びをして、自分からキスをせがむだろうか。それなら手は腰じゃなくて、首じゃね？

爪先立ち、両腕を首に移動させた。舌先で唇を舐められ、同じように返してみる。「いいね」と嬉しそうに目を細めた一城が、「続けて」と小声で催促するから、ひとまずオウム返しのように、されていることをそのまま返した。

抱きあったまま無心に唇を貪りあえば、サトルとアキは、すっかり仲直りだ。

長すぎる抱擁に、今度こそ精も根も尽き果てた日向太を、一城がハグする。

「上出来、ヒナ。すごくよかった」

「……顎が疲れた」

「俺は舌がビリビリしてる。でもヒナ、確実に上達してるよ」

「俺が上達してどうする。お前のための練習だろーが」

睨みつけると、長い指で日向太の前髪を掻きあげ、「お疲れ」と額にキスされた。額でいいのか？　と拍子抜けする程度には、一城のキスに慣らされている。

「ねぇヒナ。俺のキスってサトルっぽい？　慣れてる感じする？」

「……毎日してたら、誰でも慣れるし」

貶してる？　と睨まれたから、貶してるように聞こえるか？　と疲労困憊の目で見あげたら、なんでそんな遠回しなんだ……と、捨て犬のような目で見つめられて困った。

研究熱心な一城には悪いが、日向太の心臓には毛が生えていないから、「いいキスだったよ、グッジョブ！」とサムアップしてやる勇気はない。大根の気持ちも察してくれ。

「ヒナも慣れた？　俺とのキス」

「毎日してたら、イヤでも慣れるし」

「ヒナは、キスするの好き？」

「俺の気持ちは、関係なくね？」

「あるよ。ヒナはハウスキーパーだろ？　サトルの役作りに余念のない俺が、安心して練習できる環境作りをしてくれないと。だから、好きって言ってよ、ヒナ」

　ハウスキーパーとしての役割を要求されれば、好きじゃないとは返せない。すでに答えは絞られているのに、敢えて言わせようとするあたり、甘えたがりの面目躍如だ。

「言って～と、体を揺らしてせがまれ、早くシャワーを浴びたいがために妥協した。

「それでお前が気持ちよく仕事できるなら、まぁ、お前のいいように解釈すれば？」

「その回答は受理できない。好きか嫌いか、明確にして」

　厳しい態度に目が泳ぐ。もうバスルームまで逃げてしまえと背を向けるが、肘をつかんで戻された。普段はヒナヒナ甘える西藤一城のくせに、こういうときの力強さや強引さは東郷一城だから、狡い。

「あのね、ヒナ。多情なサトルの愛を独占するには、もっと俺を求めないと。俺が抱きしめたら、ヒナはその倍の力でしがみつかないと。たまにはヒナからキスをせがんでよ。もっと俺に夢中になってよ、ヒナ。じゃないとライバルに勝てないよ？」

「俺ってサトル？　ライバルってアキ？　フユコ？　また頭がこんがらがって……」

日向太の混乱を完全に無視して、またしても長いまつげが接近してくる。……ああ、またキスかよ、今夜何度目だよ、早く風呂に入らせてくれよ、勘弁してくれよもう……とブツブツ言いながら顎をあげ、一城の顔に両手を添え、自分から唇を押しつけた。

ちゅーっと吸いついてポンッと離せば、一城の目は真ん丸だ。鳩が豆鉄砲を食らったような……という形容がぴったりの放心顔で、「いまの感じでテイク2」と催促された。

仕方ないから、もうワンテイク。唇の端から端まで舐めて、慌てて追いかけてきた一城の舌を、逆にこっちから捕まえてやる。

ファーストキスを奪われたのはつい最近だから歴史は浅いが、回数だけはプロ級だ。プロがあればの話だが。

唇を離すと、一城が吐息を震わせた。珍しく頬が染まっている。これは勝ったか？

鼻にかかった弱々しい声で「ヒナぁ」と甘えて名を呼ぶから、「おう」と胸を張り返した。体は明らかに一城のほうが立派なのに、いまは日向太のほうがワイルドに見える。

「いまのキス、ドキドキしたぁ。すごく萌えた。ヒナ、最高」

「マジかー。やったあー」

白々しいほど棒読みだねと苦笑した一城が、「ヒナは演技が下手なのに、キスは巧いっ

て、どういうこと？」と、鼻の下をデレデレに伸ばしている。

「俺さ、ヒナ。ヒナのキスで、イきそうになったよ」

「……マジ？」

「疑うなら、確認する？」

手を捕まれ、下腹部へ押しつけられそうになり、反射的に腕を引いて逃げた。

俳優の中には、そういうシーンでは実際にしている人たちもいるらしいと、都市伝説のような話を耳にしたことはある。一城なら本当にしてしまいそうで、かなりヤバイ。

一城の胸板に拳をぶつけ、「おい」と威嚇した。

「お前、いつかマジで共演者から訴えられるぞ。ちゃんとガス抜きしろ」

忠告したらポカンとされて、なぜかクスッと笑われた。これは俳優生命を左右する案件だ。笑う場面じゃない。

「わかった。ちゃんとガス抜きするよ。……ヒナで」

「ドラマのクランクアップより先に、お前が俳優としてのクランクアップを迎えそうで怖ぇよ、俺は」

ブーッと一城が噴きだした。ここも笑うところじゃない。本気で不安いっぱいだ。

「そうならないよう、しっかり俺を管理して、ヒナ」

「ああ。クランクアップまでは、お前の首に縄つけとく。口輪もな」

口輪ってキスのこと？　と声を弾ませるから、「言葉のアヤだ」と歯を剥いた。

こっち向いて、と呼ばれ、ん、と返す。見つめてくる目は、ギリ可愛い。

「俺、嬉しくて泣きそう」

……冗談でもサトルは、キスくらいで泣くようなキャラではない。

だからこれは、一城か。だとすれば、いまの自分はアキ役やフユコ役ではなく、日向太ということになる。もう混同はしない。それなのに……。

「ずっと、そばにいて」

ここでその懇願？　それ誰のセリフ？　でも練習の続きなら、答えは一択だろ？

「……いるよ」

「二度と俺を、捨てないで」

それ、誰が誰に言うシーンだよ。そういうときこそ名前を明確にしろよ。

「もう絶対に離れないと、誓って……――」

泣きそうな目で微笑まれ、感情が揺さぶられる。

普段から曖昧な境界線が、ますます怪しくなる。

ここはドラマのロケ地のひとつ、江東区東雲(こうとうくしののめ)の某所。

背の高い欅(けやき)と白壁の塀に囲まれた、洒落た二階建ての洋館は、アキの実家の設定だ。青々とした芝生に、煉瓦の敷石が等間隔で並ぶ庭には、ガーデンテーブルセットとパラソルが置かれ、住宅地とは思えない解放感を演出している。

「……ふふ、ふふふふ」

そのガーデンチェアに腰を下ろし、ひとり休憩中の東郷一城は、思いだし笑いを懸命にこらえていた。

真顔が維持できないのは、自称・憑依(ひょうい)型俳優としては、やや危険な状況だ。

午前の共演シーンを撮り終えた際も、そのあたりを樫本杏奈に指摘された。「どこから見ても軟派(なんぱ)なサトルで、ダブルガンの俳優さんが演じているとは思えません」と。

プロですからとクールに返したが、軟派炸裂の要因は、役柄ではなく私生活にある。

「どうも～、一城くん。いま戻りました～」

ボリューム控えめな声がして、庭の裏口へ顔を向ける。マネージャーの佐久間だ。

七月に入り、相変わらず湿度の高い猛暑続きだが、佐久間は常にスーツ姿だ。バスローブ姿で寛いでいるのが申し訳ないが、このあとの撮影シーンが「シャワーを浴び終えたサトル」という設定だから、仕方がない。

芝生を避けて敷石を渡ってきた佐久間が、「休憩中ですか～？」と笑みを浮かべ、一城の隣のガーデンチェアに荷物を置いた。大きな手提げ袋に詰まっているのは、ドラマのノベルティグッズだ。

一城の正面に腰を下ろし、佐久間が楽しげに報告する。

「局のグッズコーナーに、ノベルティがたくさん並んでいましたよ。一番人気は大学のロゴ入りマフラータオルでした。はい、これサンプルです」

「ありがとう。……お、いい色。これならヒナが、バイト先で使うかも」

端をつかんで両手で伸ばし、日向太になったつもりで頭に巻き、「うん、いい感じ」と笑って、すぐに外す。このあとも撮影だから、髪に癖をつけるわけにはいかない。

休憩中とはいえロケ現場で、こんなにもリラックスしている自分が不思議だ。もちろん台本はつねに手元に置き、セリフのチェックは怠らないが、気持ちはずいぶん楽だ。

映画ダブルガンの撮影は、ほとんどがスタジオのセットで、グリーンバックを背景にしたワイヤーアクションの連続だった。些細なミスが大事故に繋がる危機感の中、毎分毎秒が吐きそうなほどの緊張に押し潰されそうだった。

だが決して嫌だったわけじゃない。この現場も、グリーンバックも、どちらも好きだ。

「いま、皆さんは二階に？　アキとフユコのバトルですか？」

そう言って佐久間が二階を指した直後、フユコの金切り声が響いた。続いてアキがフユコを罵(ののし)る。フユコの迫真の演技に触発されたか、アキもなかなかの迫力だ。

演技の点では課題を抱える樫本杏奈も、回を経るごとに巧くなっている。二歳も年下の一城に言われたくはないだろうが、正直「演じている感」が拭えない彼女には、逆に言えば伸び代がある。そういう意味では、フユコとのバトルでの成長に期待大だ。

七話では、ついにアキが、フユコとサトルの情事の現場を押さえる。

台本は、こうだ。……大学へ向かうアキ。講義が休講となり、時間を持て余す。思いたってサトルのアパートへ向かうが留守。だが、予定は入っていなかったはず。

アキの脳裡に、今朝の違和感が蘇る。出がけに母から、何度も確認されたのだ。『今日は大学のあとアルバイトでしょ？　帰宅は十九時よね？』と。

胸騒ぎがしたアキ、急いで実家へ向かう。玄関でサトルのスニーカーを発見。動転したアキ、キッチンから果物ナイフを持ちだし、足音を忍ばせて両親の寝室へ。ドアを開けると、ベッドには下着姿のフユコがいて……という展開。現在二階で撮影中だ。

サトルはシャワー中で、ふたりの争いに気づかないままエンドロール、八話へ続く。

「今日の予定は、八話の頭まででしたね。日が傾く前に撮れるといいですね」

「大丈夫。今日もノーリテイクの時間厳守を目指します」

サムアップすると、佐久間が拍手の真似をした。二階で撮影中だから音は出さない。

最近の自己肯定感の高さは、毎晩のように日向太を愛でているからだ。いまの自分に演じられないものはないと思うほど、爪の先から髪の先まで自信に満ち溢れている。

「愛は偉大だ……」

なにか言いました？　と佐久間に訊かれ、いえ、と笑って誤魔化す。

「一城くんの出演シーンは、神がかり的にノーリテイクだと、監督が驚嘆していました。一城くんの調子も撮影の調子もよくて、僕の胃腸まで調子がいいです」

穏やかに言った佐久間が、冷えたミネラルウォーターを一本と、保温バッグから取りだした弁当を一城の前に置いた。おっ！　と思わず声が弾む。

「これ、ＬＵＮＣＨ　ＢＩＸの？　店まで走ってくれたんですか？　佐久間さん」

「ええ、局のノベルティ確認ついでに。食べたいかなーと思いまして」

「ありがとうございます。今朝ヒナに作ってもらい損ねたので、超嬉しいっす」

「日向太さんも仰っていましたよ。作る予定だったのに、時間がなくてって。ここを発つ

前にLUNCH BIXへ電話を入れたら、ちょうど日向太さんが受けてくださって

「そんなに唐揚げが食いたいのか、あの野郎って怒ってたでしょ、棒読みで」

はい、棒読みでと、佐久間が笑う。つられて一城も肩を揺らした。

作る予定だったのに時間がなかった事情を思いだせば、さらに顔が笑み崩れる。

じつは今朝、シャワーを浴びたのだ。日向太と。

今日の午前に、フユコとシャワーを浴びるシーンがあるから練習させてと、いつものように誘導したわけだ。実際には一城だけがシャワーを浴びるため、当然ウソである。日向太には申し訳ないが、後日七話が放送されたら「またカットされた～」と嘆いてみせる予定だ。

どうして当日の朝に言う！　と、日向太には最初に叱られた。ギリギリで勝負して、強引に持っていかないと逃げられるから……という本音を隠し、「急に緊張してきたから」と弱さを全面に押しだして、日向太の同情を煽る作戦に出た。

「風呂は無理」と逃げ腰になる日向太を、「男同士だから、照れることないじゃん」と笑い飛ばし、「お互いパンツ穿いたままで。プライベートエリアは隠しておこう」と、羞恥心に配慮したのも作戦のうちだ。

それでも渋るから、「ヒナのおかげで撮影順調！」と手放しで讃え、「あと十五分で出な

きゃ。早く！」とカウントダウンを始めたら、しぶしぶ妥協してくれたのだった。

　弱みにつけこむわけではないが……実際はつけこんでいるが、ああやって言えば日向太は絶対断らないと、いままでの流れで学習してしまったから、つい。

　ごめんねヒナ……と謝りつつ、その場でTシャツとハーフパンツを脱がせた。そしてバスルームへ誘導する間に、自分もルームウェアを脱ぎ捨てた。

　日向太の背骨を舐めあげたい衝動をこらえ、シャワーの栓に手を伸ばす際、背後からそっと腰を抱いた。日向太の肌の温もりや香りにドキドキしていたのは、内緒だ。

　陽焼けしていない日向太の肌が、水滴を弾くさまに見惚れつつ、ボディソープを手にとり、痩身を撫で回しながら泡立てた。日向太の髪と汗とソープの香りに包まれて、朝っぱらから夢心地だった。

　日向太を泡だらけにして喜ぶ自分は変態だろうか。でも普段はテンションの低い日向太が恥じらう姿は悶絶必至だから、変態の称号を甘んじて受けようと思う。

『乳首を、揉む、な……っ』

『他に揉むとこないじゃん。ほら、もっと悶えて、ヒナ。棒立ちじゃ練習にならない』

『だけど、そこは……マジ、無理……っ』

『じゃあ、尻にしよう。乳首よりはいいだろ？　ほら、壁に両手を突いて、ヒナ』

こみあげる興奮を懸命に隠し、うなじを舐め、耳朶を噛む。水分を吸って重くなった日向太のパンツのウエストに指を引っかけたら、本能が理性を上回って変な声が出た。

『これ、邪魔だね。もう脱いじゃおっか』

むくむくと大きくなる本能に抗えず、そろり……と手を差しこんだ。丸くて可愛い日向太の尻に掌を押しつけた瞬間――――。

興奮が臨界点を超え、理性がスッ飛び、ついでに鼻血も飛び散った。

突然のスプラッター状態に日向太は笑い転げ、自分は鼻血ダラダラで呆然自失。

『お前キモい！　ありえねぇ！　ダサすぎ！　うわはははは！』

散々大笑いされたあげく時間切れとなり、残念ながら続きは持ち越しとなった。だがふたりの仲は確実に、一城が望む方向へ進展している。

一城が望む方向、それは……――――。

「食べないのですか？　お弁当」

声をかけられ、ハッと現実に戻った。

「どうしました？　待望の真・唐揚げ弁当ですよ？　それも、豪華特盛りの」

横から佐久間に顔を覗かれ、恥ずかしくなって咳払いする。

「頭の中で、午後のイメトレしてました」

「午後は修羅場ですよね。アキが刃物を振り回す展開の。楽しいシーンありましたか？」

不思議そうに訊かれ、「俺、楽しそうな顔してました？」と目を丸くすると、「はい、とても」と肯定され、慌てて目尻を指で吊りあげる。

「えーと、弁当を前にして、ついニヤニヤしちゃいました。腹減ってたから」

あちーと、バスローブの胸元をパタパタと扇いだら、「眩しい！」と佐久間がふざけ、「いや、本当に眩しい胸板です」と、顔をキリリと引き締める。

「一城くんの肉体美は、ドラマの見所のひとつですからね。これから最終話に向けて、どんどん脱がせるって、監督が意気込んでいましたよ」

「俺が脱ぐのは構わないけど、女優陣の肌の露出も増えたりしません？　いくら話の流れでも、最初の契約にない露出を彼女たちに求めるのは、個人的には気が進まなくて」

「そのあたりの一城くんの考え方は、監督にも伝わっていますよ。役や立場を利用した搾取が横行する芸能界に於いて、一城くんの紳士的な振る舞いは、俳優の鑑です」

紳士的な振る舞い……のくだりに動揺した。日向太の顔がチラチラと脳裡に浮かんでは消える。滲むのは、冷や汗。

「……プライベートでは紳士じゃないけど」

ぼそぼそ零すと「はい？」と佐久間に顔を寄せられ、「セリフの練習」と誤魔化した。

さて、パルプモールドに触れて驚いた。まだホカホカだ。六本木から東雲までは、高速を飛ばせば約二十分だが、インターを下りてから十分もかかるのに……。

「保温バッグ、たしか有料でしたよね？　わざわざサンキューです、佐久間さん」

「あ。保温バックは日向太さんからのサービスです」

「ヒナからの？」

「ええ。少しでも温かいものをと。それと、食べる直前まで匂いが漏れないようにと。本番中に唐揚げの匂いがしたら、一城くんの気が散るからと仰っていました」

「ヒナが、そんなことを……」

驚いて撥ねあげた眉が、愛しさでハの字に下がる。日向太の思いやりに触れ、俳優・東郷一城のキャラが総崩れだ。心も溶けるし筋肉も弛む。どこもかしこもトロトロだ。

「日向太さんはマネージャー向きですね。気が回るし、なにより冷静です」

同感と頷き、パルプモールドのフタを開け、たちまちテンションが爆上がりする。

「あー、これこれ！　鶏モモ肉と玉ねぎの甘い匂い。これぞヒナの唐揚げだ」

「日向太さんの唐揚げの前では、東郷一城のキャラが崩壊するから面白いです」

クスクス笑った佐久間が、ビジネスバッグを膝に置く。そして中から緑茶のペットボトルと、掌サイズのミニ羊羹を取りだした。

佐久間の昼飯は毎日これだ。夜は接待で暴飲暴食のため、他で調整しているらしい。なぜミニ羊羹かと問えば、機能面で優秀だからと返ってくる。たしかに小さな箱入りのアルミパックの羊羹は栄養価も高く、賞味期限も長く、持ち運びも便利だ。

「食欲旺盛な一城くんを見ていると、僕まで幸せになります。グル弁のロケのあと、年相応の一城くんに戻る瞬間が増えて、安心材料も増えました」

安心材料と言われ、「なぜ？」と訊くと、母親役のような顔で微笑まれた。

「東郷一城のイメージを何年も演じ続けるのは、並大抵じゃありません。たとえ社長との約束とはいえ、いつ気持ちが折れるのかと、ずっとハラハラしていました」

「佐久間さん……」

中学三年生の一城をスカウトしたのは佐久間だから、実際の性格はお見通しだ。

中三でティッシュ配りのアルバイトをしていた一城を、あのとき佐久間は、高校生と勘違いしたらしい。ダイヤの原石を見つけたと声を震わせる姿には、キョトンとしたが。

映画やドラマに力を入れている芸能プロダクションと聞いて、最初は当然、警戒した。だが佐久間が誠実な人間であることは、ひと目でわかった。

『きみのオーラは凄まじいです。とくに目の強さがいい。固定概念を破壊し、良識を強要する大人に抗い、強く生きる孤高の青年の眼差しです。いま高校何年生ですか？　え、違う？　大学生？　……え、まだ中学生？　ええっ！』――と。

その場で社長に電話を入れた佐久間が、「すごい子がいます！」と訴えるのを横で聞きながら、一城は胸を熱くしていた。母と生きるより、叔母の家より、いまこの路上に立っている瞬間にこそ、自分の存在を実感できた。

佐久間の熱意を、一城は信じた。バイト中の一城のもとへ駆けつけてくれた社長の本気にも心を動かされ、すべてを任せることに決めたのだった。

だから一城は、求められるイメージを喜んで演じた。それゆえに佐久間は、ずっと気にかけてくれたのだ。息抜きはしていますか？　心が疲れていませんか？　と。

理解者がそばにいれば、どんな壁でも乗り越えられる。それに一城には目標があったから、気持ちがブレることはなかった。

目標のひとつ、「ダブルガン」の主演を果たし、いまは文字どおり解放されている。

「最近は、好きにやらせてもらってるから大丈夫ですよ。ＳＮＳも、社長に文句言われたら控えようって思ったけど、なにも注意されないし」

「自由すぎるって、少々ご立腹ですが」

佐久間の眼鏡がキラッと光る。ゲッと顔を引きつらせたら、冗談ですよと笑われた。

「社長も苦笑していらっしゃいました。ふたりの女性を振り回しつつ振り回される、ドラマの役柄とリンクするところがあるから許容範囲だ、だそうです」

驚いて、噴きだして、箸を取りだして食べようとして……の前に、スマホで一枚。『愛妻弁当』とキャプションをつけ、ＳＮＳにアップした。パルプモールドが映らないように撮ったのは、キャプションどおりに誤解されたいから。

それよりなにより、この弁当はＬＵＮＣＨ　ＢＩＸであって、ＬＵＮＣＨ　ＢＩＸではない。なにせ唐揚げ以外の総菜が、「グル弁」のロケで食べた内容と全く違う。

「この卵焼き、人参とほうれん草が入ってて超カラフル。絶対メニューにないやつ」

佐久間がスマホで一城のＳＮＳをチェックして、「いま投稿しましたね？」と眉を寄せる。愛妻っ？　と叫んだあと、「胃が……」と片手で腹を押さえた。

「愛妻という言葉は、煽りすぎじゃありませんか？　アキかフユコのどちらかと結婚フラグと誤解されるなら、まだいいですが……」

「煽っていないし、誤解も無視。実生活で妻帯者だと思われるなら、それもよし」

またしても胃が……と身を縮める佐久間に苦笑し、大好物の唐揚げに食らいつく。

こんな美味いものを独占するのは申し訳ないが、佐久間は胃が虚弱なため、揚げもの厳禁だ。遠慮なくもりもり喰わせてもらう。

「そういえば樫本さんも、ＬＵＮＣＨ　ＢＩＸの弁当を食ったことあるって言ってましたよ。ハンバーグ弁当だったそうです。今度、ヒナの唐揚げを食わせてやりたいな」

「彼女はいま役作りでダイエット中ですから、クランクアップ後ですね。……このドラマのロケはお好きですか？　一城くん」

「なに？　突然」

頬をパンパンに膨らませたまま目を瞬くと、佐久間が眉を上げた。

「ダブルガンの撮影中、ハードな動きに筋肉と骨が音を上げて、動けなくなったこと、あったじゃないですか」

「……うん、ありましたね」

「スタントは使わず、全部自分で演じるって言って……痛み止めの注射を何本も打って」

あのときは胃が痛かったなぁと、遠い目をする佐久間が、ちょっと重い。

「肉体の限界まで頑張ったのは、約束したからです。ヒナに」

「日向太さんに？　それはまた、どういう約束を」

「いつか、強くて優しいヒーローを演じてみせるって。ヒナとの約束を果たせたら、現実でも強くなれるような気がして。……俺の都合で心配かけて、すみませんでした」

「謝る必要はありませんよ。おつりがくるほどの大ヒットで、いまは胃腸も絶好調です。それより、日向太さんにお礼を言わなければ。日向太さんとの約束が、俳優・東郷一城をこんなにも成長させてくれたのですから」

日向太を褒められると、もれなく一城の鼻の下が伸びる。伸びた鼻の下に花が咲く。

「……と言いますか、一城くん。肉体を酷使する仕事は、辛かったですか？　僕がお伺いしたいのは、今回の恋愛ドラマのようなオファーを増やすか、それとも……と」

一瞬きょとんとしたが、弛みきった表情を引き締め、東郷一城として回答した。

「性に合っているかどうかで言えば、断然ダブルガンです」

シッ、と佐久間が口に指を当て、おどおどと周囲を見回す。

そしてさらに声を落とし、「ダブルガンは、東郷一城でなければ実写化は不可能だったと原作者に言わしめるほどの適役です」と、自社の俳優を持ちあげ、でも……と続ける。

「でもこのドラマでは、一城くんが艶めいているんですよ。潤っているというか、色気が増したというか、レフ版なしで発光しているようなオーラを随所に感じるのです」

「役柄のせいっしょ。演技の基礎がまったくない俺は、その人物になりきるしかない。だから、艶も色気もサトルの魅力」

「基礎を専門に学んでも、容易に出来ることではありません。それは天賦の才です」

真顔で力説され、ちょっと照れた。恥ずかしいときは黙って弁当に専念する。

でしたら……と佐久間が前置きし、周囲を見回す。そして一城に顔を寄せ、スタッフや関係者がまだ一階へ降りてこないことを確認してから、声を落とした。

「大型のスケジュールを、新たに組んでもよろしいですね？」

「大型のスケジュール？」

「ダブルガンの続編です」

「ぞ……――」

組んでいた脚が撥ね、テーブルの底面をガンッと突きあげてしまった。

弁当をひっくり返しそうになり、とっさに押さえて事なきを得たが、とんでもなくデカい一報に、口の中の唐揚げを噴きだしかけた。

猛スピードで咀嚼し、胃袋という安全圏内に納めてから、「決まりっすか！」と肩をつかんで揺さぶると、佐久間はぐらんぐらん揺れながらも「はい」と笑顔で頷いてくれる。

「たったいま、連絡がありました。愛妻弁当発言に項垂れていたら、監督からメールが届きました。一城くんのスケジュール確定後、共演者の予定を押さえるそうです」

「俺のスケジュール、渋滞になる前に空けてください！」

気が急いて肩に力が入る。「予定は、連休の高速道路なみに大渋滞です」と心をボキボキに折ってくれた佐久間が、ですが迂回道がありますと、メガネをクイッと持ちあげる。

「一城くんの集中力を削ぎたくなかったので箝口令を敷いておりましたが、ダブルガン撮影中、すでに続編の台本が上がってきておりました。ただし興行収入次第で撮影時期が変わる可能性ありとの話でしたので、長期拘束の仕事を控えて待機していました」

「さすが敏腕マネージャー。いま俺、マジで感動してます」

「感動ありがとうございます。ですがＣＭとＰＶ、サブスクドラマ、ファン交流会など、単発は待ったナシです。これらを前倒しして、今回のロケと同時進行でいきましょう。日付が変わってからの帰宅が増えても、問題がなければですが」

一瞬迷ったが、一城にとってダブルガンは特別だ。体が仕上がっているうちに撮れるなら、願ってもない。

「続編は、原作の五巻の、第二部ですよね？　もしかして火星に漂着した二丁銃の血痕からＤＮＡを再生して、ダブルガンが蘇るシーンからのスタートですか？」

ええ、と佐久間がサムアップとウインクで頷いた。ファンの間では神回と呼ばれる第二部第一話。まさか実写化できるとは。きっとみんな喜んでくれる。もちろん日向太も！

「やべぇ、嬉しすぎて心臓が破裂する。完成台本、早く読みたい」

胸に掌を当て、深呼吸し、日向太に第一報を送るべくスマホを手にして……やめた。

朗報を聞いた瞬間の日向太を、この目で見たい。その一瞬を独占したい。

文字で報せるなんて勿体ない。テンションの低い日向太がどんなふうに喜びを露わにするのか、想像がつかないから楽しみでたまらない。

「多忙は来週からにして、今週は、いままでどおりのタイムテーブルでいきましょう。どうやら今回のモチベーションの源は、充実したプライベートにあるようですから」

言い当てられて、苦笑して、残りわずかな弁当に視線を戻す。

唐揚げが美味いのは当然だが、日向太が詰めてくれるものは、なにもかも美味い。一城のメンタルまで配慮してくれる思いやりに触れ、力が漲る。

張りすぎて、今朝は大失態を犯したが、日向太の笑顔を観賞できたから問題ない。

「いまの俺は、体調が崩れる理由がないっす。その上……」

感慨に耽ったら、箸が止まった。それを見た佐久間が、穏やかな共感をくれる。

「一城くんの捜しものが、やっと見つかったのでしたね」

「うん、見つかった。佐久間さんのおかげです」

胸がいっぱいで、腹も満たされて、なにもかもが順調だ。共演者やスタッフとの関係も良好。私生活の安定は成功の要だと、つくづく思う。

それにしても……と、佐久間が木漏れ日に目を細める。

「今回のロケに関して、毎日帰宅が必須条件という一城くんの意向は、他の共演者にも撮影スタッフにも、おおいに歓迎されておりますよ」

ダブルガンの続編は、そういうわけにはいきませんがと補足され、無言で頷く。

わがままがすんなり通ったのは、女優陣のおかげだ。睡眠時間の乱れによる肌荒れを防ぎたい谷津島リリ子と、女性特有のバイオリズムを気に病む樫本杏奈が賛同してくれたからこそ叶った、体に優しいスケジュールだ。

ただ一城は単純に、日向太と過ごす時間を確保したかっただけなのだが。

「……ヤバい、いますぐハグしたい」

今夜も早く帰ろ……と呟いたら、ミニ羊羹を囓りながら佐久間が言った。

「ホワイトな職場大歓迎です。僕も時間に余裕ができて、深夜は新人の売り込みです」

「深夜は……って、完全にブラックじゃないすか」

「深夜のバーは名刺交換し放題、営業の宝庫です。一城くんもご存じでしょう？　その場で契約取れ放題です。僕も一城くんに負けず劣らず、最高に充実していますよ。ふふ」

「……これがヒナの言う、ワーカーズ・ハイか」

いままで俺が仕事を欲しがりすぎたせいで……と同情するが、佐久間は胃薬の過剰摂取であちこち麻痺しているから、そこは佐久間の自己責任だ。

「いつか人間に戻れるといいっすね、佐久間さん」

小さな羊羹を前歯で削りながら食べる佐久間の、薄い肩を叩いて労ったら、急に二階が賑やかになった。寝室の撮影が終わったようで、階段を下りてくる足音も聞こえる。

佐久間が慌てて羊羹の残りを口に詰めこみ、お茶で胃袋送りにする。一城も空っぽのパルプモールドのフタを閉じ、箸と一緒にレジ袋に収め、「ご馳走様でした」と両手を合わせた。午後の撮影も順調でありますようにと、日向太大明神に祈念する。

ＡＤが二階のベランダで、注目を集めるためにパンパンと手を打つ。

「続きましてシーン十六です。シャワーを浴び終えたサトル、一階から寝室へ。アキとフユコ、階段の上で争うシーン。十分後にスタートです。庭で休憩中の東郷さーん」

軽く手を挙げて二階を仰ぐと、樫本杏奈と谷津島リリ子がベランダから身を乗りだし、手を振っている。バトルを演じたふたりだが、実際は本当の母娘のように仲がいい。

そんな彼女たちと迎えるシーン十六は、三つ巴の戦いだ。嘘と裏切りと絶望が交錯する回。アキとフユコ、どちらも手放せないサトルが、一体どんな行動に出るのか。

「お昼がお済みでしたら、東郷さんは髪を濡らしてスタンバイお願いしまーす」

ＯＫと返して腰をあげた瞬間に、浮ついた気持ちはシャットダウンだ。

姿勢も目つきも、思考もすべて、ふたりの女を同時に愛するサトルになる。

「コイツも売ってみるか……」

「コイツって、天かすっすか？」

業務用フライヤーに浮いている天かすを網で掬い、店長が頷く。

「衣の無駄が出ねーように、手早く海老に纏わせてもよ、やっぱり少しは出ちまうんだ」

ブツブツ言いながらアルミバットに天かすを移す店長に、「試しに売ってみるのもいいっすね」と、律義に会話を繋いでみた。

いかんせんＬＵＮＣＨ ＢＩＸは二坪しかない。片方が話せば片方が拾うのは、ごく普通のコミュニケーションだ。

だが以前の日向太なら、おそらくスルーしていた。店長と逆の立場だった場合でも「ひとり言っす。会話、全然拾ってくれなくていいんで」と、空気がヒンヤリするのも構わず補足していたような気がする。

そんなとき店長は、「そっか」と笑ってくれたが、可愛げのないヤツだな、くらいのことは、バイトに入った当時から思われていてもおかしくはない。

「じゃあ小袋に入れて、ひと袋五十円だな」

「百円でよくないすか？　あとで金額は下げられても、上げるのはイメージ悪いんで」

「そうだな。じゃあ百円にして、様子を見るか」

「素うどんに載せたら、美味いっすよね。あと豆腐のトッピングとか」

「豆腐のトッピングか。そりゃいいな」

「めんつゆで味付けした天かすを、レタスと和えてサラダにしても美味いっす。……いま言ったこと、あとでメモってコピるんで、天かすコーナーに置いてください」

なかなかのアイデアマンだねぇと感心して頷いた店長が、「小森くん、最近なんかいいことあった？」と、いきなり訊くから、ちょっとビビった。

「え。なんでですか？」

「会話が弾むし、内容が前向きだから」

シンプルな答えに、気が抜けた。東郷一城と同居していることを気取られたわけではないと知り、胸を撫で下ろす。

海老の腹の筋肉に包丁の刃を入れ、尻尾の先を少し切って水分を抜き、包丁を竹串に持ち替えて、背わたを抜きながら訊き返す。

「いままでは会話が弾まず、内容がうしろ向きだったってことっすか？」

「うん。話しかけてもさ、俺の一方通行が多かったよね」

ははは、と乾いた声で笑われたから、すんませんと頭を下げた。

一城と暮らすようになってから、相手の会話を自然に拾えるようになった気がする。

一城がいつも返事を求めるから。日向太の反応を欲しがるから。言葉を交わさないときでも、スキンシップだけは饒舌だから。

一城から甘えられ、信用され、頼られ続けるおかげで自己肯定感が上昇し、知らないうちに前向きな姿勢が身についたような気がする。店長から指摘された普段の会話に、おそらくそれが影響して……と、理由や裏付けを探していたとき。

「昼間のデカ盛り弁当は、東郷一城が食うのかい？」

「………………は？」

虚を突かれ、動揺が正直に顔にでた。

店長は驚いたようすもなく、バットに移した天かすの油分を切っている。反して日向太は勢い余って、処理中の海老の尻尾をブチッと引きちぎってしまった。

それ小森くんの買い取りだから、と言った店長が、「ウソだよーん」とおどけた顔で訂正する。ここは笑うところっぽいが、すんません店長、笑えません。

「あの、なんで、東郷……一城、なんすか？」

鼓動の乱れを自覚しながら訊くと、「昼に弁当を買いにきた眼鏡の男、東郷一城のマネージャーだろ?」と言い当てられて、呆気にとられた。

「店長、マネージャーの顔、知ってんすか? なんで?」

グル弁のロケのとき、いませんでしたよ? と警戒しながら訊くと、太い眉を片方ヒョイと撥ねあげて、「海老。下処理したら、すぐ冷蔵庫な」……と注意された。

「あ、うす。すみません」

表面をキッチンペーパーで覆い、ラップを被せて冷蔵庫へ入れる。これで日向太の、本日のバイト業務は終了だ。買い物をしてからマンションへ戻り、夕飯の支度にとりかかる予定だが、店長の答えを待つ時間が恐ろしくて手が震える。

なんでって……と呟いた店長が天井を見あげ、指をさしたその先には。

「防犯カメラ?」

「映ってたよ、全部。受け渡し口も、厨房も」

なんのことだ? と首を傾げた直後に思いだし、「あ!」と叫ぶ。

そろり……と首を回して店長を見れば、自分で自分の肩を抱き、「ハグしてたよな」と言ったあと、弁当の受け渡し口にジャラジャラとぶら下げてあるアクリルキーホルダーに向かって顎をしゃくり、「アレと」と言った。

「あの、えっと……」

　こめかみを、汗が伝う。顎まで垂れて、床に落ちる。

「唐揚げ、手でつまんで食わせてやっていたよな。餌付けみてぇに」

「え？　あー、はい……」

　暑くもないのに、汗が背中をダラダラ流れる。

「今回の映画で、彼のファンになっちゃってさ。そういや防犯カメラに、ロケの映像が残ってるかもって、浮かれてチェックしたわけよ。そしたらさ、ロケの夜の録画に……」

「ロケの、夜……、あ、はは、はい」

「俺に無断で部外者を厨房に入れたのは、衛生面でNGだなぁ」

「あ……、すみません」

「でもまぁ、ロケ隊を招いた当日だし。翌朝キッチン周りも床も除菌したし。小森くんのことも信用しているし。だから今回は多目に見るけど……」

「はい、すみません。あの、それで、あー……」

　なにを言いたいのでしょうか、店長。これは吊しあげでしょうか、店長。……口を挟んで訊ねたいが、非がありすぎて訊くのが怖い。

「東郷一城が厨房にいたとき、受け渡し口に眼鏡の男が立ってたよね。その眼鏡が今日や

ってきて、小森くんがデカ弁を渡したよね。特別料金ちゃんと取るから、自分が作ってい
いっすかって、小森くんが俺の許可を得て作ったやつね」

「う……」

「どうもーって眼鏡さんが小森くんに挨拶したよね。こちらこそーって、小森くんが返し
たよね。誰が見ても知りあいだよね」

韻を踏むように事実を語られ、ぐうの音も出ない。

「でも、あの胃弱の代表みてぇな眼鏡さんが、あの特盛りを食うとは思えない。じゃあ誰
が食うのかと考えたら……」

店長が、キッと眉を吊りあげ、再度アクリルキーホルダーを指し、そして。

「友達なら、最初からそう言ってよ～」と、眉をデレデレに下げて身をクネらせた。

怒られなかったのは、よかった。でもバレた。仕方ないけど、不覚だった！

「すんません、店長。友人ということは極秘なんで、他言無用でお願いします」

低姿勢で両手を合わせたら、「サインをもらってくれるならいいぜ」と、いつ準備した
のか不明な色紙の束を渡された。

ごめんな、一城。サインよろしく。

てか、三十枚くらいあるぞ、これ。

「待て、小森くん！」

自転車を漕ぎだす直前、大声で店長に呼び止められた。

ＬＵＮＣＨ ＢＩＸを振り向くと、受け取り口から身を乗りだした店長が、「スマホ見ろ！　ニュースサイトの速報だ！」と血相を変えている。

通行人が店長の声に驚き、ＬＵＮＣＨ ＢＩＸを横目で見ながら通り過ぎる。日向太は自転車から降りてストッパーを立て、歩道に止めた。そして、スマホを取りだして――。

血の気が引くときは、本当に音を立てるのだと知った。

ザーッと、まるでスコールのように。

『木曜ドラマ『愛してる、しか言えない』の撮影中、主役の東郷一城（22）が左肩を十針縫う大怪我。救急車で病院へ搬送される――』

昼間に弁当を渡したとき、佐久間に連絡先を伝えておいて、よかった。いつでも遠慮なく注文してくださいと、軽い気持ちで交換したアカウントが、役立った。

現場はパニックに違いないのに、日向太のスマホには佐久間から、病院の名前と入館方法が届いていた。ＥＲで患者の本名を告げるように、と。それ以外は書かれていないから、とにかく来いということだ。

　日向太は自転車を歩道に残し、店に駆け戻った。

「どうした、小森くん」

「すんません。握りメシ作らせてください」

「いいけど、どうして急に」

「一城が腹を空かせていると思うんで」

　混乱している人間は、不可解な行動に出るらしい。

　手早く握った握りメシ三個をアルミホイルで包み、バックパックに詰める。事情を察してくれた店長が「タクシーを止める」と言って外へ飛びだすが、いいっすと断り、再び自転車に跨がった。

　ハンドルに装着してあるホルダーにスマホを差し、ナビを立ちあげ、音声で病院名を告げる。数秒で表示されたルートは、自転車で約二十分。たいした距離じゃない。

「危ないぞ、小森くん。大丈夫か」

「大丈夫っす。問題ないっす」

「なら、気をつけて行け！　絶対に事故るなよ！」

「うす！」

ああ……視界がぐらぐらする。頭に血が上りすぎているのか、その逆か。だから店長はタクシーを呼んでくれようとしたのか。たぶん顔色が悪いのだろう。

自分の状態にいまさら気づき、店長の気遣いに感謝しつつ、全力で自転車を漕いだ。

砂埃をたてる勢いで病院に到着すると、報道陣も続々と集結していた。

病院名は速報に出ていなかったはずだが、さすがはメディアの情報網だ。

日向太は佐久間から言われたとおり、ＥＲの受付で一城の本名を告げた。西藤姓を知っているのは関係者のみ、そのうえ佐久間が日向太の来院を伝えておいてくれたおかげで、一秒のロスもなく、無事に処置室への潜入を果たした。

処置室の前に到着し、深呼吸してスライドドアをノックする。と、ドアを開けてくれたのは佐久間だった。壁際には、神妙な顔をした男性がふたり。撮影の関係者だろうか。

日向太が質問するより先に佐久間が口の前に指を立て、「いま麻酔から覚めました」と小声で言い、静粛を促す。

閉めきられたカーテンの奥では、女性が啜り泣いている。待機の理由を察して息を潜めていると……。

「泣くほどのことじゃない。大丈夫ですよ」

……――一城の声だ！

思わず佐久間の顔を見た。にっこり笑って頷かれ、日向太も数回頷き返す。

声を聞くかぎりは元気だ。話ができる状態だとわかったとたん、その場に蹲ってしまった。膝が震えているのは、全速力で自転車を漕いだせいか、安堵で気が抜けたせいか。

「階段で足を滑らせたとき、びっくりして、ナイフが手から離れなくて……。刺すつもりなんてなかったんです。本当にごめんなさい、東郷さん」

「東郷さんが受け止めてくださったおかげで、落ちた本人はケガをせずに済みました。マネージャーとして心からお詫びいたします。この度の不祥事につきましては、できるかぎりのことをさせていただきますので……」

「痛みなら、もう消えました。骨や神経にも異常はないとのことですので、気にしないでください。それより樫本さんが無事でよかったです」

え、と日向太は目を瞬いた。泣いているのは、樫本杏奈？

「じつは、用意されたソックスが、最初からすごく滑りやすくて……」

「……——なにかのせいにするのは、違うと思う」

突然、空気の温度が変わった。カーテン越しに緊張感が伝わってくる。

「あの、でも、フユコとのつかみ合いのシーンに、このソックスは危険だな……って」

「玄関で、サトルのスニーカーに気づくアキ。足音を忍ばせ、スリッパを履かずに家へ上がる——。そのト書きどおりに演じたかったわけですね？　じゃあそこで、滑り止めつきのものに変えたい、もしくは裸足で演じたいと言えばいい。なぜ怠ったのですか？」

樫本杏奈が絶句した。聞き耳を立てている日向太も、知らず息が止まる。

「あ……、アキの服装とか、設定とか、口出ししちゃいけないと思って……」

「杏奈は、この程度のことで現場の流れを止めたくなかったんです。ね、杏奈」

「この程度のことじゃないでしょう？　一歩間違えば大惨事だ。衣装の着心地は、演者の演技を左右する。今回の件も、履き心地は樫本さんにしかわからない。……樫本さん」

はい……、と樫本杏奈が声を震わせる。もう彼女は反省してるよ、それ以上責めるなよ……と止めたいが、できるわけもなく、拳を口に押し当てて堪え忍ぶ。

「アキの足もとの演出について、監督に相談してください。それはあなたの重要な仕事だ。そして、自分の仕事を怠った結果ロケが中断したことを、反省してください」

「は、はい。ごめん……なさい……っ」

「泣くのはあと。すぐ行動して。じゃないと俺、明日には退院しちゃいますよ？」

どうしてそんな突き放したような言い方を……と眉をひそめたのは一瞬。

いままでメディアが伝えてきた東郷一城のイメージは、こっちだ。これが俳優・東郷一城のベーシックフォームだ。

でも厳しいのは口調だけ。一城が口にした内容には、思いやりも学びもある。プロなんだな……と心に沁みた。

そうこうしている間にカーテンが開き、樫本杏奈と、彼女のマネージャーが現れた。

樫本杏奈は、光のパウダーを纏ったかのような神々しさで目を奪われた。目を真っ赤に腫らし、ずっとハンカチで口元を押さえているが、それすらドラマのワンシーンのようで見惚れてしまう。女性マネージャーは、そんな彼女の背に腕を回し、支えている。

こんな近くに芸能人が！　と有頂天になってもおかしくないほどの近距離だが、高揚感は頂点に達することなく緩やかに下がり、平常値に落ちついた。そんなことより一城の体が心配だ。

ふたりを廊下まで見送り、二、三の言葉を交わして戻ってきた佐久間が、壁に貼りついている日向太に「お待たせしました」と微笑み、背を押してくれる。

そっと近寄り、カーテンに手をかけ、覗きこむと、院内着姿で点滴を装着し、横になっ

ている一城と目が合った。

険しかった一城の表情が、パッと明るくなる。

「ヒナ!」

「……うす」

「来てくれたの?　ヒナ!」

わーい!　と顔に書いてあるが、さっきのクールガイは、どこ行った?

盗み聞きによれば、樫本杏奈がナイフを持ったまま足を滑らせ、階段から落ち、それを受け止めた東郷一城の肩を刺したと思われるが、一城のファンが知ったら大炎上だ。

炎上の火種になりたくないから、立ち聞きの内容は一瞬で忘れることにした。

「お前、左肩を十針縫ったって?　速報で流れてたぞ」

「速報?　マジ?　それより、ヒナ……」

ん、と右腕を伸ばしてハグを要求され、動くな!　と思わず叱り飛ばした。

「縫ってるんだから、動くなよ。その右手も点滴刺さってるし。じっとしてろ」

「いいじゃん。点滴してても可動域は結構広いよ。ケガ痛むんだ。慰めて、ヒナ」

ん、と懲りずに右腕を差し伸べられたが、敢えて無視する。

「その顔、全然痛そうに見えねーし」

「あー、麻酔が切れたかなぁ。急に痛くなってきたよぅ、ヒナぁ」

「ウソつけ。点滴に鎮痛剤入ってるだろ」

「……ちょっとは痛い。でも、ヒナがハグしてくれたら治る」

プーッと噴きだしたのは、佐久間だ。腹を抱えて肩を揺らし、その場にいた関係者たちに「日程調整、外で相談しましょう」と、背を押して廊下へ送りだす。

気を利かせたのかどうかは知らないが……気を利かせてもらう理由もないのだが、「三十分ほど出てきますね」と言い残して退室した。

静かになった処置室内で、ケガ人を睨みつけていても仕方ないから、窓辺に移ってパイプイスを開き、腰を下ろす。「手が届かない」と文句を言われ、まぁ相手はケガ人だから……とため息をつきまくって、顔の真横へ移動してやった。

「飛んできてくれたの？　ヒナ」

「自転車で来た。足が怠（だる）い」

「飛んできたってのは比喩だから。……なにか美味しい匂いがする」

「え？　あ、握りメシ作ってきた」

「なんで握りメシ？」

「……そういや、なんでだろ。速報を見て、なんか食わせなきゃと思ったっぽい」

自分の行動の不可解さに笑ってしまった。どういうこと？　と一城が眉を撥ねあげる。

「エネルギーをチャージさせようと思ったのかな。よくわかんねーけど」

「……食っていい？」

「いいわけねーだろ。飲食NGだぞ、お前」

なんでNG？　と目を剥かれたから、可動テーブルに置かれているコピー紙を指した。入院計画表と書かれたそれには、「翌朝まで飲食禁止」と赤ペンで記されている。

ガーンと天を仰いだ一城が、日向太の手首をつかんで揺さぶる。

「こっそりなら、わかんないって。食わせて」

「知らずに持ってきた俺が悪かった。でも、禁止は禁止」

「ヒ～ナ～」

ふたりきりになると、一城はとたんに甘えモード全開になる。さっきとは別人だし、全然芸能人らしくない。そこがまた……情けなくも可愛いところだ。

「甘えるな。明日まで我慢しろ。また明日、炊きたての握り飯を持ってきてやるから。これは俺の晩メシにする」

「ヒナ、厳しい。マネージャーみたい」

「お前だって樫本さんとマネージャーさんに厳しかったぞ。正直すげー驚いた。これが普段の東郷一城か……って。めっちゃ高圧的で、めっちゃヤなやつだったぞ」

「あっちの俺は、仕事用。こっちの俺は、いつもの俺」

ふふ、と笑って手を繋がれ、そっか、と頷いて握り返す。握手の形から変化して、指が深く交差する。手首も指も、一城のほうが太くて長い。肌の色も少し濃い。

「恋人握り、キモいんだけど」

「怪我人だから優しくしてよ。……落ちつくんだ、こうしていると」

「……別にいいけど」

繋いだ手から、一城の不安と安心がごちゃ混ぜで流れこんでくる。順調だった撮影が中断されて、集中力やリズムが途切れて、イラついているようにも見える。

なにせ、連続ドラマは毎週放送だ。樫本杏奈の前では強がっていたが、明日退院は不可能だ。たとえ退院できたとしても、入院計画表には二週間後に抜糸と書いてある。糸で縫われたまま動くのは、きっとキツい。

数話は撮りためてあるとしても、一城なら、肩に糸をつけたまま復帰しかねない。

それを止める権利は日向太にはない。でも、近くで支えることならできる。

「ロケの中断、残念だな」

「……ああ」

「悔しいか？　一城」

「めちゃくちゃ悔しいけど、仕方ない。この悔しさは、快復へのエネルギーに変えるよ」

「だな。いまのお前にできることは、超人並みの速さで快復することだ。ダブルガンを演じきったお前なら、きっと常人を越えられる」

励ましたら、一城が笑った。そして「報告」と目を輝かせる。

「そういや、続編決まったよ」

「続編？　なんの？」

「ダブルガン」

「えええええ――――っ！」

……全力で叫んでしまった。病院なのに。

マジでイスから飛びあがり、パイプイスがけたたましい音を立てて倒れた。慌てすぎて足が縺れ、尻もちまでついてしまう。

絵に描いたような動揺に、「傷口が広がる～」と一城が大笑いしている。

「ヒナ、絶対喜ぶと思った」

「喜ぶに決まってるだろ！　続編って第二部？　うわ、ヤベェ！　だったらお前、こんなとこで寝てる場合じゃねーだろ。早く治せ。早く観たい。楽しみすぎる」

パイプイスを直す時間も勿体なくて、一城のベッドの端に腰かけた。とたん、待ち構えていたかのように、長い右腕が腰に巻きつく。

点滴の管は……大丈夫、絡んでいないし結構長い。少しくらい手足を動かしても、左肩のケガに影響はなさそうだ。

褒めて、と顔に書いてあるから、頬に手を添えて「おめでとう」と祝福した。目元を綻ばせる一城の顔を見ていると、日向太にも笑顔が伝染する。

「ありがと、ヒナ。頑張るから、楽しみにしてて」

「ああ。でもその前に今回のドラマを、これ以上のケガなくやり通せ。退院祝いとクランクアップ祝いと、ダブルガン続編決定祝い。みっつまとめて盛大に祝ってやるから」

うん、と頷く一城の声が揺れた。「泣くのはあと」と、さっき一城が樫本杏奈にぶつけた言葉を返したら、「くっそ〜」と悔しそうに笑ってくれたからホッとした。

「こんなケガ、ヒナの手料理を食ったら、すぐ治るのに」

「病院規定で食べさせてやれなくて、ごめんな」

「じゃあ、ヒナを食わせて」

そう言ってジッと見つめられ……そういうことねと、ごく自然に理解した。

一城の頬に触れた手で、前髪を掻きあげてやる。額だけでも絵になるぞ、コイツ。

「昨日の撮影で、アキとキスしたよ」

「……うん」

「今日の午前は、フユコとした」

「……役得だな」

「ふたりの女優と、間接キスできるよ。嬉しい？」

「……わーい、嬉しい」

「棒読みだし。……退院したら、ラブシーンを猛特訓しないと」

つきあってね、ヒナ……と、日向太の頭を引き寄せて一城が微笑む。

しゃーねーな……と了承して、請われるまま顔を寄せた。

唇を重ねて、ふと思う。

このキスは、練習じゃねーよな、と。

練習じゃないのに、ためらいもなく唇を合わせるふたりは、他人の目にはどう映るのだろう。

ただ、もし誰かに見られたり訊かれたりしたら。

ラブシーンの練習につきあわされています——と、弁解するつもりだ。

東郷一城と樫本杏奈のダブル主演ドラマ「愛してる、しか言えない」は、毎週木曜夜十時からの放送だ。

放送本数は全十一話。回を追うごとに視聴率が上がり、第十二話として、総集編放送決定の快挙を成し遂げた。

初回放送時は、『一回目からキス！』『初回から飛ばしすぎ。最後どこまでいくの？』と、SNSの話題を攫った。四話にもなればアキ派とフユコ派に分かれ、どちらがサトルに相応しいか、SNS上で論争が巻き起こった。

五話と六話の放送では、放送二時間前からSNSでフォロワーが待機し、放送中はハッシュタグ付きのコメントが次から次へと発信された。

『冒頭五分で理性崩壊』『毎回キスシーン尊い』『サトルの裸だけでも見る価値あり』と、とんでもない速さでSNSにアップされ、阿鼻叫喚を撒き散らしていた。

サトルのキャラは、素っ気ないように見えて肉食系。サッカーとアキと学業、三本柱でメンタル面も安定し、順風満帆かと思われたが、アキの家に招かれ、運命が激変する。

中高年の視聴者の感想は「夜の昼ドラ」とか、「怖いもの見たさ」とか。

若年層の視聴者は、「こってり系のラーメンを食べたときの背徳感」とか。

どの層も共通している注目ポイントは、「毎回見せる東郷一城の肉体美」だ。

だからこそ、左肩を十針も縫った影響が大いに懸念された第八話を、日向太は一城のマンションで、ひとりでリアタイ視聴した。

いつもミノ虫のミノのようにピッタリとくっついている一城は、今夜もここへは帰ってこない。

三日間の入院と諸々の変更により、撮影は大幅な遅れが出ているようだ。木曜に放送予定の回を、その週の火曜もしくは水曜の朝に撮り終えるという綱渡り体勢だと、一城から連絡を受けていた。

よって一城は、現在のロケ現場である由比ヶ浜近くで泊まり込んでいるうえに、ダブルガンの続編に向けてスケジュールを調整するため、単発の仕事をロケ後にこなしてもいるらしい。

今夜放送の第八話は、左肩の縫合痕は、見えないようにうまく撮られていた。一城は背筋や腹筋も芸術的だし、胸筋は彫刻のようだから、どこを撮っても視聴者は大興奮だ。

サッカーシーンはすべて五月中に撮り終えていたからいいものの、最終話は海の中に入るアキを、サトルが追いかけて連れ戻すシーンがあると聞く。それはかなり心配だ。

第八話のエンドロールに続き、次回予告が流れた。次回第九話は、フユコの思惑が露呈する重要回だ。

幼いころの母親との写真を破り捨てながら泣き叫ぶアキ。サッカーのリーグ戦で選抜メンバーから外されるサトル。炎に巻かれて娘の名を絶叫し続けるフユコ。三者三様の激動を予感させて、二十三時のニュースに切り替わった。

「……きっつー」

率直な感想を呟いて、日向太はラグマットにごろりと横になった。抱えているクッションをギューッと抱きしめ、暴れる感情を抑えつける。

それにしても、今週も壮絶にハードな回だった。気づけば手に汗を掻いている。

毎日一城から届くＬＩＮＥで、体調は問題ないと報告を受けているのに、それでもやっぱり心配になる。痛みを我慢して演技に臨んでいるのは、容易に想像できるから。

……ほら、案の定スマホに新着が届いた。

『観た？』

間髪入れずにサムアップのスタンプを返信したのは、一城の時間を浪費しないため。

仕事中は、もちろん一城からの連絡は途絶える。だからいまは休憩中か移動中だ。

貴重な時間を奪いたくないから、なにか質問されるより先に、「息つく間もない怒濤の展開。予告がホラーで超怖ぇ」と先に送信してやった。

スタンプで喜びを露わにした一城が、すぐに新しい話題を振ってくる。

『さっきCM撮り終えた。エナジードリンク飲みすぎて腹パン』

ヘソから放水しろと返信したら、爆笑のスタンプを三連打された。

『スポンサーさんから五ダースもらった。ヒナも飲んで』

サンキューのスタンプで歓迎したら、『ヒナに会いたい』と返ってきた。

『エナドリ飽きた。ヒナの弁当食いたい。家に帰りたい』

「……ここへ帰ってこないのはお前じゃね？　退院したら猛練習つったくせに」

ちょっと優しくすると、すぐ甘えモードになる。疲れが溜まっている証拠だ。帰ってくれば、美味いメシ食わせてやるのに。肩でも脚でもマッサージしてやれるのに。

『ヒナのミノに擬態(ぎたい)したい。ヒナヒナヒナヒナヒナヒナヒナ』

連呼ウザい、と返信したが、既読はつかない。……休憩終了か。あまりにも短い。

日向太は顔を上げ、リビングを見回した。

灯りはウォールパネルテレビと、四方の天井に配置されたダウンライトと、アイランド型キッチンのスポットだけ。窓の外では渋谷駅のビル群が、目映(まばゆ)い光を放っている。室内と外が一体になっていると錯覚するような、不思議な空間だ。

「ひとりだと……広すぎるな」

　一城と過ごす夜は楽しくて賑やかで、この広さを忘れていた。

　視界には必ず一城の顔があったから、よそ見をする暇がなかったし、スキンシップの練習に、明るい照明は不要だった。

　もう一度ＬＩＮＥを開いてみるが、やはり既読はつかない。ヒナヒナヒナ……と一方的に囀って、あとは放置だ。

「帰ってきたら好きなだけ擬態させてやるから、頑張れ」

　甘すぎるかなと迷ったが、応援のつもりで送信した。

「……恥ず」

　ぼそっと零して身を起こし、スマホをリビングのテーブルに伏せたとき。

　カチャ、と施錠が外れる音がした。

　一瞬空耳かと思ったが、室内の空気が入れ替わるような感覚も生じ、まさか……と身を翻してリビングを飛びだし、玄関へ走ると。

「……――ただいま」

「一城……！」

反射的に両腕を伸ばしたのは、一城が倒れるような気がしたから。

微塵も余力を残さず、限界まで力を振り絞ったスカスカの状態で生還するイメージが払拭できないのは、帰宅した一城が、ダブルガン役と重なったからだ。

実際には、スニーカーを脱いで上がる際に体勢を崩しただけなのだが、慌てて一城の懐に飛びこんで背に腕を回したら、覆い被さるようにして抱き竦められた。

「……そんなに俺に会いたかった？　ヒナ」

「いや、倒れるかと思って慌てた」

「ウソ。背中に回した腕、ぎゅっと俺にしがみついてる」

「それはお前が、俺に体重を預けてくるから……、おい、危ないから押すなって」

こめかみや耳のうしろに鼻をグイグイ押しつけてくる仕草は、まるで大型犬だ。鬱陶しくても突き放せないのは、まだ一応ケガ人だから。それと、やっぱり久しぶりだから。

おかえりと苦笑して、広い背中を撫でてやったら、ようやく自力で立ってくれた。

「ただいま、ヒナ。次の出番までに時間があるから、勝手にタクシー飛ばしてきた」

「勝手にって、佐久間さんに連絡してねーの？」

「いま佐久間さん、新人の現場に入ってるんだ。うちのプロダクション、全然スタッフ足りねーから。……ごめん、ヒナ。話の前に、シャワー浴びるね」

「シャワーって……お前が泊まってるホテルにも、シャワーくらいあるだろ？」

「そうじゃなくて、自分の汗の匂いが邪魔で、ヒナを百パー感じられない」

「は？　なに言ってんだ、お前」

「話はあと。滞在時間、四時間だから勿体ない」

「四時間？　次の出番までに時間あるっつったくせに、たった四時間？」

「由比ヶ浜の朝焼けを背景に撮るんだ。日の出三十分前にスタンバイしないと」

「って、明日の由比ヶ浜、日の出って何時……うわ、四時五十分かよ！　由比ヶ浜までタクシーで一時間くらいか？　タクシーは？　配車、まだ頼んでねーの？」

　スマホ片手におろおろする間に、一城はバスルームへ消えていた。CM撮りを終えたばかりだと言っていたが、撮り終えてそのまま直行したらしい。なぜなら一城が口を開くたび、エナジードリンクの香りがしたから。それと、汗も。

「いま二十三時十分だから……準備含めて五十分前に到着として、四時五十分引く五十分で、移動時間が一時間だから……午前三時に出れば間にあうか」

　四時間ねーじゃん……と顎を外し、壁時計とバスルームのドアを交互に見る。深夜だから高速は空いているだろうが、スケジュールが逼迫(ひっぱく)しているときに事故だけは避けたいから、余裕を持って安全運転で送りだしたい。

「俺が車の運転さえできたら、現地まで送ってやれるのに」

口はブツブツと文句を吐くが、頭は段取りよく回転してくれた。まずはタクシーの配車を依頼して、午前三時に一台確保。深夜割増料金は……見なかったことにする。

続いて佐久間に連絡だ。『一城は現在自宅マンション。午前三時にタクシー乗車予定、由比ヶ浜へ四時到着予定です』と送信した手で、冷蔵庫内の食材を漁る。

ラッキーなことに豚の肩ロース肉と小松菜を発見。豚肉はビタミンB1が豊富で、小松菜はカルシウムの宝庫だ。どちらも、いまの一城に必要な栄養素だ。

味付けは塩麹と、ほんの少しのオイスターソース。あとは作り置きの味玉と、キャベツと人参とすり胡麻のナムルを手早く用意した。

次々に作って皿に並べていたら、一城がリビングへ戻ってきた。

腰にバスタオルを巻き、髪をフェイスタオルで拭きながら、「すげーいい匂い」と鼻の穴を膨らませている。……目が泳ぐほど、いい体だ。実際、直視は避けている。

「味玉？　食いたい。何個あんの？」

「一個」

「じゃあ、半分こしよ」

「俺はいいよ。お前が食え」

そう言って口元に差しだしたら、一城がパクリと食らいついた。半分だけ口から覗いたそれを、口移しで日向太に食べさせようというのか、「ん」と顔を近づけてくる。「いらねーよ」と苦笑して胸板を押し返し、変わらない硬さと厚みに安堵した。

一城が咀嚼するたび、胸筋が静かに動く。呑みこめば、引き締まった腹筋が上下する。他人の筋肉の動きを間近で見ることはあまりないから、気づけば目を奪われていた。

一城の胸筋が彫刻のように盛りあがっているのは、知っている。映画やドラマで惜しげもなく晒しているし、いつぞや同伴シャワーをせがまれたとき、背中に腹を押しつけられたから、その見事なシックスパックの硬さや肌触りも知っている。

でも、左肩を斜めに切り裂く刃物傷は、初めて見る。

ジッと見つめていたら、「なに見てんの?」と優しく訊かれた。

それには答えず手を伸ばし、指先でそっと触れてみる。縫われた皮膚は赤みを帯び、異質な硬さで線を描いている。

「抜糸、予定より早かったんだっけ」

人さし指で傷をなぞりながら訊くと、くすぐったい……と一城が笑った。

「動くたびに糸が攣って、痛いからさ。三日ほど前倒しで抜いてもらった」

「なんで、そんな無茶するんだよ」

「……パクッと開いたりして」

「だから、なんで無茶するんだって訊いてんだけど」

イライラして、傷口に掌を押し当てた。

なにやってんの？　と訊かれ、「手当て」と返す。胸を揺らして笑った一城が、日向太に覆い被さるようにして抱きついてきた。そのまま体重を預けながら、リビングのソファまで連行され、ふいに「ミノる」と言うから、なんだそりゃ、と噴きだした。

「そんなことするために帰ってきたわけじゃねーだろ？」

「ねーだろって、なんで？　予告しただろ？　退院したらミノに擬態するって」

「マッパは勘弁」

「パンツ穿く時間も惜しい」

ソファに日向太を押し倒し、一城が体を重ねてくる。「腰にバスタオル巻いてるから、マッパじゃなくて半裸ね」と訂正を加えながら。

「なにがしてぇの？　お前」

「……眠いから、寝たい。寝よ、ヒナ。おやすみ」

「だったらソファは狭くね？　寝るならベッドで、ひとりで寝ろ。タクシーが到着する五分前に起こしてやるから」

そう告げると、いやだ、と即座に断られた。

「ひとりで寝るの飽きた。ヒナを吸いながら寝る。だからシャワー浴びたんだし」

「……メシ食いにきたとか、着替えを取りにきたとか、用事で戻ったんじゃねーの？」

「着替えなんて、現場に山ほどあるよ。でもヒナの替えは、どこにもない」

眠いんだろ？　と呆れ半分で確認すると、泥のように、と返ってくる。

ふぅ、と日向太はため息をつき、「だったら」と、気持ちを汲んで促した。

「ベッド行こ。お前が寝るまで、手、握っててやるから」

「……添い寝がいい」

「なんで？」

「なんでって……ヒナのミノに擬態するって約束したじゃん」

泣くのを我慢する子供のような顔で口を結び、生々しい縫合痕が浮かぶ肩でしがみつかれたら、そんなこと言ってる場合かよ、と突き放すのは難しい。

いいよ、と返し、行こ、と促して、一城の指に指を絡めた。

一城の寝室に入るのは、初めてじゃない。

いつ帰ってきても気持ちよく休めるよう、リネン類を洗濯し、ベッドメイクも施している。たとえこの部屋の主人が留守でも毎日窓を全開にして、空気を入れ換えている。

いま、一城に押し潰されるようにして俯せに倒れた大きなベッドの、サラリとした素材のシーツだって、洗いたてだから気持ちがいい。

大きくて逞しい体の下に巻きこまれながら、日向太はスマホのアラームをセットした。

「三時にはタクシーに乗せるって、佐久間さんに連絡したから。三分で着替えて、二分で一階に降りるぞ。いいな？　……それと、一城」

「なに？」

「すげー重いんだけど」

背後から抱きつかれ、耳の裏に鼻を押しつけられては、寝返りどころか身動き不可能。

「こんなに広いんだから、もうちょい離れろ」

「離れるのは無理。いまの俺は、圧倒的にヒナが足りない。ヒナを吸いたい」

「俺って、もしかしてビタミンとかアミノ酸とかの類？」

「たぶん、いまはカルシウム。ヒナを吸入して、イライラを抑制している最中」

なんかあった？　と訊いたら、「リテイク二十回食らった」と白状した。ノーリテイクの更新記録が途絶えたか。でも、いままでゼロだったのが奇跡だと思うぞ？

「……よく頑張ったな。強ぇよ、お前は」

「……リテイク、めちゃくちゃ食らったのに？」

「何発食らっても立ちあがるのは、強いヤツにしかできねーことじゃん」

そっか……と恥ずかしそうに笑った一城が、「ありがと」と囁き、足元のタオルケットに手を伸ばし、ふたりを包みこむ。器用に端を巻きこんで、タオル製ミノ虫の完成だ。

動けねぇ～と日向太が笑えば、一城も腹筋を揺らして笑う。笑うたび、かすかに変化している一城の体の一部分が、日向太の太腿の間を刺激する。

男同士だから、体の変化に驚きはしない。接触すれば無意識に反応することもあるし、疲れているときは、ただそれだけで勃起したりもするし。

「……一城。腰のバスタオル、どっかに落とした？」

局部が変化している事実を婉曲的に伝えたが、「これが就寝時のベーシックフォーム」と、まるで気にするようすもない。

これが基本形だと言われれば、受諾するしかなさそうだ。なぜならここは一城の寝室。日向太が文句を言う筋合いはない。

「……ヒナも脱ぐ？」

ルームウェアの下に、一城の手が忍んできた。その手首をつかみ、苦笑で阻止する。

「俺は、マッパで寝たら風邪ひくタイプ」

「くっついていれば温かいよ。……脱ごうよ」

「お前、眠いんだろ？　さっさと寝ろ」

言葉で突き放して肩越しに睨みつけると、一城の長いまつげが頬に触れた。とんでもなく近い距離で、綺麗な瞳が揺れている。

宝石というより、宇宙のようだ。戦い疲れたダブルガンが漂う、無限の宇宙。

「起きるまで腕の中にいて、ヒナ」

「いるよ。だから目を閉じて、もう寝ろ。おやすみ」

「俺が眠るまでキスしてて、ヒナ」

「……お前、さっきから無茶ばっかだな」

「キスしたまま……寝落ちしたいんだ」

全裸で日向太をベッドに押し倒し、無理な体勢で唇を奪う経験は、今後の東郷一城の演技に役立つのだろうか。

役立つといいなと、心から思う。

じゃないと、ただの「ヤラレ損」だ。

……損などと、思ったことはないけれど。

木曜ドラマ「愛してる、しか言えない」の第九話は、八月一週目に放送される。

本来は、放送回の二週前に撮影が終わるスケジュールだが、予定は押しに押していた。関係者が警察に任意同行を求められ、代わる代わる事情聴取を受けたり、聞き取り調査で撮影が止まったりするハプニングが、連日のように折り重なったのが原因だ。

刃物の扱いについて警察の指導が入り、その後の台本の修正や小道具の見直しに時間を取られ、想像以上に時間が削られ、撮影日と放送回は、ほぼ同時。誰かが倒れたら即アウトというギリギリの厳戒態勢で、撮影が進行することとなった。

もちろん日向太のもとへは例のごとく定期連絡が届くから、心配はしていない。先日リテイクを連発し、突発的なホームシックに罹(かか)って深夜に渋谷へ戻ってきた東郷一城も、いまはメンタルが安定しているようだ。

ただしSNSは、七話以降ピタリと止まっている。あれほど頻繁にプライベートの充実ぶりを曝(さら)していたのに、まったく更新されなくなった。

ドラマの公式アカウントも、上がっているのは次週予告のPVだけ。ロケのカットを載せる余裕がないというより、ロケ中の事故についての言及回避だと思われる。

そんな中、大型連休に公開された映画ダブルガンは、いま現在も上映中で、快調にロングランを続けている。続編決定のニュースが追い風になったようだ。

複数回観賞しているリピーターが続出らしいが、じつは日向太も、今日で五回目。ひとつの映画を複数回観るのは、初めての経験だ。

最後にボロボロの二丁銃が宇宙空間に消えてゆくシーンは、何度観ても胸が熱くなる。なにも感じなくなるまで通い詰めるぞと、自分の感受性に挑戦状を叩きつけ、六本木シアターから外へ出たとき。

小森！　と呼ばれた気がして、蜘蛛の形の巨大モニュメントの真下で脚を止めた。

きょろきょろと見回すが、噴水周りも、日陰にも、早足で行き来する人々にも、知った顔はない……と思ったら、背後から肩を叩かれた。

振り向くと、見覚えがあるような、ないような。

「久しぶりじゃん、小森。まさか六本木で会えるとは！」

「……あ」

テンション高めの話し方で思いだした。高校のクラスメイトの、池(いけ)……なんとか。

黒いスーツにブルーのネクタイは、どこから見ても就活生だ。反して自分はキャップに

Tシャツ、デニム、スニーカー、ボディバッグを斜めがけという軽装だ。一城のおかげでダサいTシャツじゃなかったことに、感謝。

「えっと……池上(いけがみ)だっけ。高校んとき同じクラスの」

「あ、覚えててくれた？　よかった」

忘れるものか。「いつも人の弁当横取りしてたって言ってやろ」と、一城をからかっていた性悪野郎だ。

避けるつもりはないが、自然に腰が逃げていた。戦うつもりもさらさらないが、両手の配置はファイティングポーズだ。どうやら自分、こいつがめちゃくちゃ苦手らしい。

身構えていたら、「見てのとおり就活中」と、訊きもしないことをアピールされた。

「いまごろ就活ってハズいんだけどさ。なかなか内定とれなくて。このビルのオフィスに大学の先輩が勤務してんだ。OB訪問が終わったから、ヒマ潰してた」

「……へぇ」

人をからかう性質の人間と、プライベートの情報交換はしたくない。でも報告の内容に興味を惹かれ、無意識に相づちを返してしまった。会話の継続など望んでいないのに。

「小森は？　お前も大学四年だろ？　就職決まった？　あ、それとも留年か大学院？」

「……なんで？」

「なんでって、どこから見ても余裕っぽいから。就活する必要ねーのか、まだ当分は大学生なのか、どっちかなーと思って」

池上の、この独りよがりな解釈に他人を当てはめるところが、すごく苦手だ。

「……大学生以外の選択肢、ねーの？」

「いや、あるけど。でもお前、奥学院大学の文学部だろ？　この間、高校んときのツレと呑み会したら、小森と同じ学部だって。心理学の講義で顔見たって言ってた。ここから目と鼻の先にある渋谷キャンパスだろ？　交通の便、超いいじゃん。羨ましー」

「……本人のいないとこで、噂されたくねーんだけど」

「でも、クラスメイトのことは気になるじゃん」

そこで笑われる意味がわからない。誰がどこにいるのかまったく気にならない日向太には、やはり池上のようなキャラとの会話は苦痛だ。

苦痛回避で黙っていたら、ジッと見られた。相変わらず話の弾まねーヤツ、と呆れているのだろう。それでいいから、早く解放してほしい。

「それにしても懐かしいなぁ。立ち話もなんだから、そこのカフェとか行く？」

「いまからバイトなんで」

踵を返し、車道沿いへ出られる下りエスカレーターへ向かおうとしたら、肘をつかんで引き止められた。触るな、暑い。

「お前、昔と全然変わんねーな。相変わらず孤独を愛するタイプ」

とんでもなく的外れな印象を押しつけられ、ウンザリした。孤独どころか、ミノ虫のミノ並みに人を懐へ囲いこみたがる、究極の甘えたがりと同居中だ。

ヘラヘラした池上の顔が、ふいに引き締まった。

「あのさ、小森。俺いま、ダブルガン観てきたんだ。西藤の映画」

………言いたくてたまらなかった顔つきだ。いままでの薄っぺらい会話は前振りで、どうやらここからが本題か。

警戒しつつ「俺も」と返し、キャップに飾った缶バッジを指すと、「おおっ」と池上の目が輝いた。……苦手な相手を喜ばせるのは不本意だが、この会話には興味がある。

「じつは俺、今日で三回目なんだ」

自慢げな口調に、対抗意識がむくむくと湧く。「俺は四回目」と嘘をついたが、本当は五回目だ。勝った。

「四回か。すげーな。でも何度も観る価値あるよな。俺、原作漫画も全巻持ってるんだ」

「……俺も」

「小森も？　あー、やっぱいいよなぁ、ダブルガン！　西藤のハマり役だよな」

思わず「声を落とせ」と注意した。抑えていたイライラ指数が、一気に爆あがりだ。

「プライベートを、往来で口にするなよ」

池上の無神経さにはイラッとする。だが当の本人は頭を掻いて苦笑いだ。

「プライベートって……あ、西藤呼びのこと？　本名はＮＧ？　やべぇの？」

頭が痛くなるような返しに、不快指数がＭＡＸを超えたとき。

池上が、顔の前に片手を立て、申し訳なさそうに拝んでみせた。

「ごめん、小森」

「……え？」

「俺、空気が読めねーっていうか、読み方がわかんねーの。指摘されても、なにが悪かったのか理解できないことがあって。最近知ったけど、脳がそういう構造らしい」

「……マジ？」

「うん。高校んときはノリで誤魔化せたことが、大学では全然うまくいかなくて。人に指摘されて病院へ行ったら、そういう気質がありますねって。就活も、面接で弾かれる理由はそこかと思ってさ。だから、もし怒らせてたら……ごめんな」

「そういう事情なら、別に謝る必要ねーし」

爆上がりしていたイライラ数値が、スーッと下がって平常に戻った。

そういう情報が事前にあれば、池上の思考のベクトルに添って思考することは不可能じゃない。単位数稼ぎために取った心理学は、存外暮らしの役に立つと、いま知った。

そのつど池上に指摘して、気づきの体験を増やしてやればいいのだ。それを繰り返すことで、池上が会話に慣れてくる。万人には当てはまらないが、ひとつの手だ。

日向太もコミュニケーションでは苦労してきたクチだから、気持ちはわかる。一城に出会っていなかったら、自己肯定感は一ミリも育たなかっただろう。

「悪気はないのは理解した。それでも就活に励んでいるなら、すげーじゃん、お前」

本心から称えたら、「ありがとう」と頬を染められて、こっちが照れた。

「じゃあ、今後は東郷呼びに統一な」

了解と頷いた池上が、東郷一城と言えばさ……と楽しげに話を復活させる。話を切り上げたつもりが失敗した。

「大学のダチに東郷と同じクラスだったことを話すたびに、会わせてくれって頼まれるんだ。だから俺、西……東郷のアカウントにDMしたんだけど、スルーされて。高校時代のダチに訊いても、誰も繋がってねーし。小森は知ってる?」

「知らね」

即答したら、だよな、と池上が引き下がった。いつもの日向太なら、ここで話を切り上げて去るところだが、指摘で成長する池上には、はっきり告げてやるべきシーンだ。

　心の中で「カチンコ」が鳴る。「アクション！」と響いた空耳は、一城の声だ。

「池上。ダブルガン並みのアップデートを期待して、ひとつ言わせてくれ」

「……うん、なに」

「東郷は客寄せパンダを望んでいないし、誤解を生む私文書も残したくない。だから誰とも繋がらないことに決めたんだと思う」

　本当はめちゃくちゃ寂しがり屋で、友情や愛情に餓えていたのに。体育祭のリレーで逆走したり、社会科見学で鹿の糞を踏んだままバスに乗る妄想を膨らませたりするくらい、楽しくて賑やかな高校生活に憧れていたのに。

　でもそこは、芸能人を選択した一城の自業自得だから、同情はしない。でも、だからといって、自己満足のために利用するのは違うと思う。

「パンダにしてるつもりないけど、俺」

「うん。でもな、お前にそのつもりがなくても、クラスメイトだと吹聴した時点で寄ってくるんだ、見物客は。東郷に会わせてくれって頼まれたら、今度から断れ」

　なんで？　と真顔で訊いた池上が、「断ったら、そいつらが気を悪くするじゃん」と言ったあと、「俺がウソつきだと思われるし」と続いたから、卒倒しそうになった。

頭を抱えている場合じゃない。大袈裟ではなく、これは一城へのDM攻撃が始まる前に摘みとっておくべき案件だ。そして池上の、さらなるアップデートのためにも。

「そいつらがどう思おうが、どうでもよくね？　とくに親しいわけじゃないから、呼びだすのは無理だって、正直に言えばいい。それなら周りも納得するし、お前がウソをついたことにはならない。とにかくお前は、ひと呼吸置いてからモノを言え。じゃ」

マジでバイトあるんで、と背を向けたら、「ちょっと待てって！」と、なおも引き止められ、さすがに目が吊りあがる。「お前が時給を払ってくれるのか？」と睨んだら、「ごめん、それは無理」と池上が震えた。

「急いでるとこ、ごめん。会えたラッキーに免じて、あとひとつだけ言わせて。東郷一城のSNSの弁当ってさ、お前が作ってんのかと思ったんだ、俺」

「………っ」

絶句。その鑑識眼には驚いた。

返す言葉もなく目を剥いていると、「違った？」と顎を引かれ、「お前ら、バディ感あったから」と返されて……さらに顎を外した。

だってバディって、相棒だよな？

「小森と西……あ、東郷がツルむ光景って、妙に尊くて、近寄れなかったからさ」

「……別に俺ら、弁当食ってただけだし」

「それが尊いんだって。東郷って、普段からすげーオーラじゃん。でも小森と差し向かいで弁当食ってるときは、マジで素だったと思うんだ。でもアイツって、目でバリヤー張るじゃん？　邪魔すんな、って感じで。だから、話かけたくても近寄れなかった」

それは……気づかなかった。だからみんな、遠巻きに見ていたのかと、いま知った。

「いまだから言うけど……俺、小森に嫉妬してたんだ。東郷と仲良くていいなって。俺も東郷と喋りたいなって。だからお前と東郷が、いまも繋がっていてくれたら嬉しいんだ。俺たちの母校と、あの教室を、東郷には忘れずにいてほしいから」

自分が嫉妬されるような対象だったことに、まず日向太は驚いた。そして、一城と日向太の友情の継続を、陰ながら願ってくれていた存在にも。

そしてそれが、池上だったことにも。

「バイトなのに、引き止めて悪かった。じゃあな」

「……――ちょっと待て」

手を振って去りかける池上を、今度は日向太が引き止めた。そしてスマホを取りだし、池上の肩に腕を回し、撮影する。

池上が驚いて目を丸くしている。うん、なかなかコミカルなショットが撮れた。

「え、なに。記念撮影？　その写真、共有して」

「お前とアドレス交換なんてヤだね」

笑って逃げると、「じゃあ、俺も自分のスマホで撮るよ」と向けられたそれに、日向太なりの笑顔をサービスした。

いま取ったそれを眺めて、池上が目尻を下げて相好を崩す。なかなか愛嬌のある顔だ。

「今度高校のダチと呑むとき、これ見せていい？　元気だったよって伝えるから」

「いいよ。俺もお前と撮った写真、友達に見せてもいいか？」

「もちろん。……今日、小森に会えてよかった。なんか俺、就活頑張れそう」

そう言って頷かれ、図らずも池上の背を押すことができた自分に、感極まった。

「就活、希望どおりにいくといいな」

「うん。俺も頑張るから、小森も頑張れよな」

やっぱり最後は池上だ。無気力・無表情・無愛想な小森日向太に「頑張れ」とは。一番不似合いな言葉だぞと呆れつつ、でも、と思い直す。

頑張ったと胸を張れることが、過去に一度、あったかも……と。

どうしても食べたい唐揚げを、初めて自分で作ったときは、結構頑張ったと思う。

一城に食われるようになって、弁当を持参しないわけにはいかなくなって、メニューのレパートリーをとにかく増やした。あれは努力なしにはできなかったことだ。

一城を喜ばせるために頑張った努力がアルバイトに繋がり、ＬＵＮＣＨ　ＢＩＸの真・唐揚げ弁当の誕生に一役買い、一城との再会の立役者にまでなったのだから、この頑張りは、胸を張っていい案件だ。

「……やればできる子じゃん、俺」

一城が先に卒業して、ひとりで過ごす昼休みが戻って、頑張る理由を失ったまま大学へ進学したけれど。

こんな自分でも「頑張りたい」と思える未来の輪郭が、少し見えたような気がした。

気づかせてくれた池上に礼を言おうとして顔を上げたら、すでに池上の姿はなかった。

もう見えない池上の背にそっと手を振り、スマホで時間を確認すれば。

ＬＵＮＣＨ　ＢＩＸの開店まで、残り二分！

「やべ！」

店長のアカウントに「急ぎます！」のスタンプを送信し、ダッシュでエスカレーターへと向かった。

八月第三週の木曜夜十時、「愛してる、しか言えない」の第十一話が放送される。

六月第一週からスタートしたこのドラマは、総集編を除いて全十一話。ついに最終回を迎えるのだ。

東郷一城のケガについて、視聴者による原因および犯人捜しを回避するため、台本からは刃物のシーンが削除された。

それでも漏れるところから話は漏れ、東郷一城のケガの原因は、樫本杏奈のミスによるものとSNSで拡散された。激しい誹謗中傷を浴びせられた樫本杏奈だったが、一切の言い訳も弁明もせず、ひたすら撮影に集中したと聞いている。

自分にできることは、泣くことではなく動くこと――。病室で一城が突きつけたセリフを戒めとして頑張る彼女の姿勢に共鳴し、東郷一城も他の共演者も撮影クルーも、さらに団結を深めたそうだ。

様々なアクシデントに見舞われたが、かつてないほど現場は集中力が高まっていた。

八話放送の夜に一城がマンションへ戻って以来、一度も直接会っていない。ＬＩＮＥは届くものの、おはようとおやすみのスタンプだけだ。

集中力を欠きたくないのが伝わってきたから、日向太も返信は必要最小限に留め、いまは自分のやるべきことと、できることに専念している。

ただ、サッカーの決勝シーンで撮り直しが発生し、ボールをキャッチするサトルの左肩に血が滲んでいる写真を情報サイトで目にしたときは……さすがに血の気が引いた。

医療スタッフが即対応して事なきを得たようだが、破傷風（はしょうふう）の心配があるとして、ラストで海に入水するシーンは、別の結末に差し替えられたと書かれていた。

最後の最後まで、現場は緊迫していた。

その撮影が、ついにクランクアップを迎える。


佐久間から日向太に連絡が入ったのは、八月第三週の火曜、午前十時五十五分。

六本木の老舗弁当店ＬＵＮＣＨ ＢＩＸでは、受け渡し口の「準備中」の札が、あと五分で「営業中」に差し替えられるタイミングだった。

『一城くんのオールアップと同時に、撮影も本日クランクアップを迎えます。つきましては一城くんにサプライズを仕掛けたく、唐揚げの配達を希望します。単品で五人前ほどあれば助かります。配達の際の交通費は、タクシー代込みでご請求ください』

愉快な共犯話を佐久間から持ちかけられた日向太は、「店長ッ！」と振り返り、顔の前でパンッと両手を合わせた。

「一生のお願いです！　冷蔵庫の鶏モモ肉、全部買い取らせてくださいっ！」

クランクアップの現場に届ける旨を告げた直後の、店長の動きは迅速だった。

「営業している場合じゃねぇ！」

いきなり叫んだかと思うと、受け渡し口の窓に「本日休業」の札を立てた。そして作務衣の腕を肩まで捲り、小森くん！　と叫んで頭のてぬぐいを締め直した。

「東郷一城の御用達・真・唐揚げ！　揚げて揚げて、揚げまくるぞっ！」

おーっ！　と、自分では威勢よく拳を挙げたつもりなのに、「もうちょいテンション上げて行こうや」と、店長にガッカリされてしまった。

クランクアップのロケ地は横浜の、みなとみらい警察署だった。

修正された台本のラストは、海ではなく、この地が選ばれた。

みなとみらい警察署の門をくぐり、建物の正面に向かって歩いてゆくアキとサトル。

「ここまでで、もういいから」

ぽつりと告げるアキ。繋いでいたサトルの手を、そっと離す。

「私ね、サトル。いまでも、サトルのこと……」

「言わなくていいよ。その言葉は、アキを不幸にする」

アキの告白を、微笑みで止めるサトル。

愛してる、しか言えない。でも、その言葉に縛られ、傷つけ、憎しみさえ生みだすのであれば、俺は生涯、愛の言葉を封印する――。

サトルのモノローグ、アキが警察署の中に消える。

そしてサトルはナイフを取りだした。カメラが映しているのは、みなとみらい警察署に向かって立つ、サトルの背中。

サトルがナイフのサヤを抜き、刃先を首に添えたかのように見えた。

サトルの体が、ゆっくりと傾く。だがカメラはサトルを追わず、空を映す。

一羽の鳥が飛んでゆく。それを追うようにして、もう一羽、また一羽。その向こうには、ひと夏の激情を思わせる、ギラギラとした灼熱の太陽――。

「樫本さんに、刃物の使用を再び要求するのは酷です。でも撮影中に刃物の使用があったことは、すでにSNSで拡散された。隠して探られるくらいなら、サトルが使えばいい。樫本さんへの非難は誤解だったと、世間の意識を刷新するチャンスです」――。

そう提案したのは一城くんですと、佐久間がこっそり教えてくれた。

ちなみにいま日向太は、みなとみらい警察署の正面入口から百メートルほど離れた敷地内のタープテントの下に立ち、佐久間と並んで撮影を見守っている。

三方が囲われた大型のタープテントはアスファルトの上に建っているが、簡易冷風機が二台設置されており、見た目以上に快適だ。

百個の唐揚げと、五十個のミニおにぎりと、卵焼き二十人前が入った大きな袋は、うしろの長テーブルに置かせてもらった。唐揚げ以外は、店長の大盤振る舞いだ。

配達を終えて引きあげようとしたら、「最後まで観ていってください」と佐久間が誘ってくれたから、緊迫のラストシーンの撮影をナマで観賞する幸運に立ちあっている。

視線の先には警察庁舎。入口階段下にアキ、手前にサトル。そしてカメラと音声。そこから数十メートルほど離れたキャンピングチェアには、監督。ちなみに太陽は真上で燃え盛っている。あの位置は暑い。絶対に暑い。立たなくてもわかる。

こういう現場は慣れているのだろう。涼しい顔で佐久間が話を続ける。

「もともとの台本は、湘南の海に入水するアキを、サトルが止めるラストでした。でも肩の傷が閉じたり塞いだりを繰り返している現状での入水は、破傷風が懸念されます。大作を控えた大事な体ですからね」

訊きました？　と眼鏡越しに視線を送られ、知っていることを伝えていいのかどうか迷ったが、相手は一城のマネージャーだ。ここは正直に「はい」と頷く。

「続編、楽しみです」と必要最小限の言葉だけを返したら、「どっちの？」と訊き返され、「映画です」と答えたあと、「まさか、こっちも？」とドラマについて探りを入れたら、「それはないです」と、肩を竦めて笑われた。

「すみません、日向太さん。少々揺さぶりをかけました。映画の件をご存じでありながらタイトルを言わない口の固さと気配りは、さすがです。関係者の鑑です」

思いがけない台詞で佐久間に褒められ、恐縮した。関係者という贅沢な位置に、戸惑いつつも胸が熱くなる。だが、揺さぶりをかけられる理由は不明だ。

「……それで話の続きですが、このドラマのラストシーンは、ご覧のとおりに変更しました。自宅に放火したアキ、警察に自首。アキを見送ったサトルは……という衝撃のラストは、サトルを演じた一城くんだからこそのアイデアです。監督が舌を巻いていましたよ。みんな湘南の海辺のロケを楽しみにはしていましたけどね、夏ですから」

冗談めかして笑いながら、うちの東郷一城が、ピンチをチャンスに変えましたと自慢げに頷く佐久間の横で、日向太は密かに感動していた。一城にもだが、佐久間にも。そしてひとつの作品を一丸となって創りあげる撮影隊にも。

アキが警察署に消えたのを見届け、サトルがナイフを取りだし、構えた。

やがてサトルは崩れ落ち、フレームアウトする。

放送では、サトルが地面に倒れる姿までは映らないそうだが、それでも一城は酷暑のアスファルトに倒れている。見ている日向太が火傷しそうで、気づけばＴシャツの胸元をぎゅっとつかんで息を止めていた。

やがて監督が、メガホンを構えた。

「カーット！　ＯＫ！」

灼熱のアスファルトに倒れていたサトル役の東郷一城が、「暑い！」と叫んで跳ね起きた刹那、ホーッと日向太は息を吐いた。かなりの地熱だったろうに。よく耐えた！

ＯＫの声に続き、アシスタントがロケの終了を告げる。

「樫本杏奈さん、東郷一城さん、オールアップです。木曜ドラマ『愛してる、しか言えない』。これを持ちましてクランクアップです！　お疲れ様でしたーっ！」

緊張が解けると同時に、歓声と拍手が湧き起こった。離れた場所で見学していた警察官たちも、惜しみない拍手を送っている。

フユコ役の谷津島リリ子が、花束を持って警察署の入口に向かう。東郷一城と樫本杏奈に手渡すためだ。

ドラマの中で複雑な関係性を演じた三人が抱きあう姿は、それだけで感動の涙を誘う。ごく自然に労いの声が飛び交って、周囲は温かいムードに包まれた。

俳優、スタッフ、監督、メディアの記者などが、わらわらと俳優たちを取り囲む。始まったのはインタビューと記念撮影だ。この業界には小休止という概念がないのだろうか。誰も彼もが動きっぱなしで目が回る。

「ありがとうございました、日向太さん」

ふいに言われ、はい？　と隣の佐久間を見た。身長は、やや日向太のほうが高いといま知った。眼鏡越しの笑みは、どこまでも優しい。

「日向太さんをはじめ、みなさんのおかげで、無事に撮影を終えられました。トラブルはありましたが、関係者にとっても僕個人にとっても、この瞬間を迎えられて幸せです」

しみじみと噛みしめる佐久間に、同感です、と日向太も頷く。

「ご存じのとおり一城くんは、まだ二十二歳です。ふたりの女性を同時に愛する軟派な若者を演じながらも、視聴者に不快感を与えず、共感や同情に持っていくのは、相当な挑戦で、難易度も高かったと思います」

こういうのは経験値がモノを言いますからと、さりげなく「大人の事情」を挟まれて、一城との練習の過程を思いだし、ですね……と返す声がうわずった。

「グル弁のロケで日向太さんに再会できたことは、じつに幸運でした」

「……別に俺はメシ作って掃除して、たまにあいつの自主練につきあっただけで」

自主練まで！　と驚かれ、慌てて「自分は根っからの大根なので、なんの役にも立てませんので、あくまで立ち位置の確認だけっす」と早口で弁解を挟みこむ。

そうでしたか、と佐久間がますます目尻を下げる。

「単独での本読みと、相手役を前に置いてのセリフ合わせは、手応えという皮膚感覚がずいぶん違います。いろいろと余裕を持って、仕事に打ち込めたのでしょうね。私は仕事の段取りをつけるのが精一杯で、最近はプライベートのフォローに手が回らなくて」

ということは、過去はプライベートのフォローをしていたわけだ。日向太のような扱われ方ではないにしろ、アレのお守りは大変だったろうと心中を察して余りある。

「俳優になる前から一城くんは、必要以上に踏みこむのを遠慮するというか、自分のテリトリーに他人が入るのも嫌うというか。高校では、そうではありませんでしたか？」

対・日向太には微塵も当てはまらないが、思い当たるフシは多々ある。

先日も池上が言っていた。一城は目でバリヤーを張る……と。処置室で泣いていた樫本杏奈に対しても、同業者としての厳しい姿勢を崩さなかった。

「それなのに日向太さんに対しては、一瞬にしてあの崩れっぷり。逆に、ファンには決して見せられませんね。……彼が弱みを見せられるのは、おそらく日向太さんだけです」

しみじみと言われ、恐縮して頭を下げた。役に立てた満足感と自己肯定感、最後までサポートできた達成感と、これをもって同居解除の喪失感が同時に湧き、心境は複雑だ。

メディア関係者が引きあげてきた。そろそろ一城も戻ってくるか。

日向太は佐久間の許可を得て、持参した差し入れのセッティングを始めた。見れば別のテーブルには、番組スポンサーからの差し入れ……ゼリーやパンが置いてある。

まるでピクニックだなと目を細め、キャンプ用のアルミの大皿に食べ物を移した。店長が持たせてくれた竹串や割り箸も傍らに添える。店長には、後日なにかお礼をしないと。預かっているサイン用色紙も、近日中に一城に書いてもらわないと。

「うわ～、なんだか美味しそうな匂いがします～」

アキ役の樫本杏奈が、小走りにやってきた。きらきら輝く瞳に、抱えている大きな花束が似合いすぎて目が泳ぐ。どうぞお召し上がりくださいと、小声でモゴモゴ言うのが精一杯だ。今日は泣いていない。……よかった。やっぱり彼女には笑顔が似合う。

そして思う。この仕事は、タフじゃなければやっていけない、と。

「いい匂いですね。おなか空いちゃった」

この暑さでもメイクがまったく崩れない谷津島リリ子が、続いてテントに入ってきた。見ているだけでいい香りがする。魅力というより魔力だ。気を抜くと吸いこまれる。

女性陣のあとからタープテントへ入ってきたのは、監督と東郷一城だ。真面目な顔で監督と言葉を交わしていた一城が、ふと脚を止め、目を丸くした。

そして鼻をひくひくと動かし、長テーブルの唐揚げを直視した刹那、バッと顔を撥ねあげた。

佐久間の隣に立つ日向太を見つけるやいなや、さらに目を剥く。

「……え?」

ぽかんとする一城に「うす」と片手を上げるが、一城は状況を把握できず、無言で突っ立っている。

「サプライズ大成功です～」

佐久間が笑って手を叩き、カメラ班が戻ってきたタイミングで、「六本木のＬＵＮＣＨ　ＢＩＸさんが、差し入れを届けてくださいました〜」と関係者に紹介してくれた。スタッフのひとりが日向太を指し、「ＬＵＮＣＨ　ＢＩＸさん！」と声を弾ませる。なんと、グル弁のＡＤ山川だ。

「……あ、お久しぶりです」

そういえば、グル弁も木曜ドラマも、制作元はテレビ夕陽だ。同じ人が複数の番組に関わっているという、考えてみれば当たり前の裏側に触れ、社会の仕組みを学習した。

みなそれぞれ役割があり、たくさんの人が関わり、この世になにかを送りだしている。なんの変化もなく、外的な影響もほぼ受けず、まもなく大学生活を終える自分と比較したら、いままで感じたこともなかった「引け目」の種が、ポツッと生まれた。

俺も、一生懸命になりたいな……と。

だって、そういう人たちは、みんな生き生きしてるじゃん……と。

日向太はキャップを外し、「その節は、取材ありがとうございました」とＡＤ山川に頭を下げた。被っているキャップの鍔を軽く上げ、ＡＤ山川が目を細める。

「こちらこそ、その節は失礼しました。世界一の唐揚げがあるから取材してくれって言ったのは東郷さんなのに、撮影では掌返しで泣きそうでしたよ。あとで理由を訊ねたら、人に教えるのが勿体なくなったって。もう笑っちゃいますよ」

「え……?」

「え? って、え? ……あ、もしかして初耳でした?」

頷くと、「やべっ」とAD山川が口を手で覆い、「すみません」と一城に謝罪するが、一城はぼんやりしているため、おそらく会話が聞こえていない。

サトルが完全に抜けないうちに、日向太というプライベートの塊を目にしたから、東郷一城を飛び越えて西藤一城が出現し、脳がバグったのかもしれない。面倒くさいヤツだ。

日向太は俳優やスタッフたちに向かって、「どうぞお召し上がりください」と勧めた。まずは監督が唐揚げに手を伸ばし、続いて女優陣が割り箸を手に卵焼きを選び、撮影隊の面々は次々におにぎりを口に運ぶ。見ているだけで胸熱だ。

「……ヒナ、なんで?」

ひとりだけ現実から浮いていた一城が、やっと地面に下りてきた。そんなに衝撃だったのかと、こちらのほうが驚愕だ。サプライズとはいえ、なにやら邪魔して悪かった。

なにか冷やすものはないかと見回せば、タープテントの隅に保冷ボックスが二台。一台は飲物、もう一台は保冷剤のようだ。それぞれ内容と、「ご自由にどうぞ」と書かれたメモが貼ってある。

保冷ボックスを開け、カチカチになっているおしぼりをひとつ取りだす。そして、いまだ状況を把握できていない一城に、「ほれ」と渡した。

「まずは顔を拭いて、頭を冷やせ。お前まだ半分、ドラマの中にいるっぽいから」

黙って従う一城が可愛……、いや、おかしい。固いおしぼりをミシミシ……と広げ、顔を拭き、首筋に当てている。

「今日で最後って聞いたから。邪魔して悪かったな」

訊くと、「悪くない！」とムキになって即答され、勢いに驚きつつホッとした。プライベートを知っているからこそ、こちらも職場に顔を出すのは勇気が要るのだ。

頑張っているやつの応援こそすれ、集中力を欠く原因を作るのは避けたいから。

と、一城がバッと両腕を広げ、「ヒナ！」と叫んでしがみついてきた。無事にサトルからの離脱を果たせたようだ。

日向太の不安を一掃してくれたのは嬉しいが、二重人格を疑われてもおかしくないほどのベタ甘な姿に豹変（ひょうへん）は、かなり引く。

こんなにも軟弱な東郷一城をメディアに見せて問題ないのだろうかと、別の不安が頭をもたげるが、記者たちは隣のタープだ。ギリセーフだと思いたい。

「痛い痛い痛い、重いし暑い！　落ちつけ、一城！」

背筋力の限界まで反り返って抱擁を受け止めるが、一城は全体重を預けてくる。ここは我慢だ。諦めたら背骨が折れる。

「ヒナ、どうして？　なんで？　やばい、心臓バクバクする……っ」

「わかったから離せ。人前でハズいっつーのっ！」

押しつけてくる頬を押しのけ、首にぶら下がっているおしぼりを奪い、その暑苦しい顔にグリグリぐいぐい押しつけた。

「アスファルトに倒れたとき、顔だけじゃなく、脳みそも焦がしたな？」

「そうかも。おしぼりで冷やして、ヒナ」

ん、と顔を突きだし、鼻の下を伸ばすから調子が狂う。ここはマンションじゃねーんだよ。公衆の面前なんだよ……と言いたいが、だったらマンションでベタベタするのはＯＫだねと婉曲に承諾をもぎとられるに決まっているから、言わない。

適当におしぼりを押し当てたら、ようやく腕を離してくれた。でもその直後、ごく自然に日向太の肩へ肘を載せるのだ。

これがベーシックフォームであるかのようにドヤ顔をするのは、やめてほしい。

「これ、なに」

「なにって、右肘じゃん」

「暑苦しい」

「俺、疲れてるから。ヒナの肩は杖代わり」

「だったら座れよ。イス、いっぱい空いてんだし」

「地面に近いと暑い。立ってるほうが涼しい」

「……ああ言えばこう言う」

恥ずかしいことこのうえないが、ラストシーンに込める気合いを見せられたあとでは突き放せないし、どちらかというと、優しくしてやろうという気にはなる。

カットの声がかかるまで灼熱のアスファルトに倒れていた一城の集中力に圧倒され、この仕事にかける意気込みを知り、図らずも尊敬の念が湧いてしまったから。

話を盗み聞きしていたのか、監督が「そうなんだよね」と相づちを打つ。パンパンに膨らんでいる両頬に、まだ唐揚げを詰めようとする姿は、嬉しいような、呆れるような。

「フレームアウトするから、しゃがむだけでいいって言ったのに、地面に倒れたから驚いたよ。完全にサトルが憑依してたね、あのとき。あー、サトル本当に死んじゃったーと思って、カットの声かけるの忘れたもんな、俺」

……と言って監督が笑った。鬼だ、この人。

視線を感じて振り向けば、ぽかんとした顔の樫本杏奈と目が合った。……可愛い。

そのうえ右手には竹串二本。刺しているのは唐揚げだ。他の差し入れ……例えばフルーツゼリーとかじゃなくて、それを選んでくれたことが嬉しい。ヤバい。誇らしい。

「東郷さん、どうしたんですか？　すごく可愛いです。全然イメージが違います」

大きな犬みたい、と樫本杏奈がクスクス笑う。「そう？」と高い位置から彼女を一瞥する一城の目つきは、メディア向けのクールガイだ。さすがプロ。切り替えが早い。

ふいに樫本杏奈に見つめられ、ドキッとした。「翔プロさんのタレントさんですか？」と愛らしい笑みで訊かれ、いや俺は大根で……と、しどろもどろで返したら。

「俺の身内」

先に一城に訂正され、誰が身内だ、と心の中で突っこんだ。急いで詳細を補足する。

「あの、友人です。高校のクラスメイトで。テレビ夕陽さんの近くの、ＬＵＮＣＨ ＢＩＸっていう弁当店でバイトしていて、クランクアップのお祝いに、かか、唐揚げをっ」

「ご友人ですか。とても仲良しで、羨ましいです」

唐揚げも美味しいです、と微笑まれ、「今度、こっそり買いにいこうかな」と、ポメラニアンのような瞳で見つめられれば、たちまち好感度は爆上がりだ。

「ヒナさんは、いつもお店にいらしゃるんですか？」

涼風のような声で「ヒナさん」と呼ばれ、ズギュン！　と心臓を射貫かれた。病院で見た泣き顔も綺麗だったが、リラックスしている笑顔は最強に愛くるしい。

「はい、だいたい、いつも」

貴女が望むなら二十四時間でも、と大口を叩きかけたとき、一城に一刀両断された。

「コイツは就活で忙しくなるから、店に出る回数を減らす予定です。だよな？　日向太」

脅すような「だよな？」に加え、いきなりの日向太呼び。メラメラ燃える闘志の理由が不明で怖い。

「――――顔が赤いぜ、日向太」

指摘され、「えっ」と慌てて両手で頬を押さえたら、「のぼせてんじゃねぇぞ」とダブルガンの声で凄まれ、舌打ちまでされてしまった。

その挙げ句、一城の使い古しのおしぼりで、顔をグイグイ拭かれてしまった。

汗くせぇよ、バカ！

帰りは佐久間が、車でマンションまで送ってくれた。

佐久間だって俳優陣やスタッフに負けず劣らずクタクタだろうに。マネージャー業はタフじゃなきゃできないと、つくづく思う。

車は地下駐車場へ降り、エレベーター前で停車した。後部席で日向太の肩に頭を預けて爆睡していた一城に、「着いたぞ」と声をかけ、押すようにして車から下ろす。

ドアを閉めるのと入れ替わりに、佐久間が運転席の窓を開ける。

「今日はお付きあい、ありがとうございました」

「いえ」と日向太は恐縮した。礼を言うのはこちらのほうだ。

「思いがけず、貴重な体験ができました。こちらこそ、ありがとうございました」

「どういたしまして。店長さんにもよろしくお伝えください。それと、一城くんは明日オフですので、たっぷり充電させてやってください」

「はい、わかりました。佐久間さんも、明日はお休みですか？」

「いえ、僕は出勤です。ほったらかしの領収書を整理しないと、そろそろ経理に叱られます。新人くんのＣＭオーディションの割り振り作業も、待ったナシです」

「……佐久間さんって、一城より多忙ですよね」

「多忙ですが、楽しいですよ」

楽しい？　と半信半疑で訊き返すと、佐久間が頬を紅潮させた。

「弊社のタレントは、目標に向かって努力を惜しまない素敵な子ばかりですので、推し甲斐があります」

「推し……ですか」

「はい、推しです。言うなればマネージャー業は、究極の推し活ですから。自分の大好きなタレントや俳優の応援をしたり、宣伝したりするのは楽しいです」

最高の仕事ですと胸を張る佐久間の表情に、心が揺れた。

日向太と佐久間のやりとりの間、一城がなにをしているかというと、日向太の背後から覆い被さり、肩に顔を埋め……イビキをかいている。コレも佐久間の立派な推しか。

立ったまま寝る器用な技を披露する一城に苦笑し、佐久間が目を細める。

「日向太さんがいてくださって、本当に助かりました。これからも一城くんのこと、よろしくお願いしますね」

言われて、あー……と目が泳いだ。なにか？　と訊かれ、じつは……と返す。

「今日で終わりなんです。ハウスキーパーは」

「……そうなんですか？」

「クランクアップまでという約束で同居したので、次のアパートが見つかり次第、引っ越す予定です」

「それはまた……残念です、非常に」

いつもは細い目を真ん丸に見開き、下唇をきゅっと噛まれると心が痛い。

「……おかげさまで、勉強になりました」

　感情表現のプロと過ごしたおかげで、自分がいかに表現力や語彙が足りないか、伝える術を知らないか、感情や情熱が欠落していたかを思い知った。

　足りないものだらけの、勿体ないことばかり。

　かつて一城の前で、ヒマでヒマで……と平然と口にしていたことを軽く後悔するくらいには、真っ白だったカレンダーに夢や目標を書き加えたいと望む自分がいる。

　そんな自分が照れくさくて、ちょっと楽しい。

「またお会いできますよね？　日向太さん」

「もちろんです。また店にも寄ってください。店長は俺の代わりに、新しい学生を雇いたいっぽいですけど、事前に連絡をいただければ、図々しく顔をだしますので」

「────立ち話なげぇよ」

　背中に張りついている屍が、いきなり喋った。「ゾンビ、都合よく寝起きしすぎ」と返したら、佐久間がプッと噴きだした。

「どちらにしても日向太さん、また改めて連絡します。今夜は、これで」

　お疲れ様でした～と手を振って、佐久間が地下駐車場を出ていった。

　日向太はミノ状態の一城の腕をポンと叩き、「では、部屋に戻るとしますか」と、お疲れ気味のゾンビを労った。

エレベーターで十七階に到着するまで、一城はひと言も口を利いてくれなかった。

「……着いたぞ、一城」

一城を背負うようにして降り、アプローチを抜け、比較的静かにドア前へ到着だ。合い鍵で解錠し、「これも、お前に返却しないと」と呟いたら、鍵を持った手を上からギュッとつかまれた。……力、強すぎ。ちょっと痛い。

「……ヒナ、今日は意地悪ばっか言うよね」

やっと開いた口から出たのは、文句だ。

「意地悪って、どこが?」

「だってさ、なんでそんな冷てぇの?」

「冷たくねーだろ。弁当持ってロケ地へ走っただろ?」

「冷たいよ。すごく冷たい。久しぶりに会えたのに、ロケのテントで俺が寄りかかったら暑苦しいって言ったよね? それなのに樫本さんにはデレデレするし、ハウスキーパーは今日までとか言うし、次のアパートが見つかり次第引っ越すとか言うし。氷みたい」

抱きついたまま駄々をこねられ、「氷じゃねーっつーの」とため息をついた。

仕方なく、団子になったままスニーカーを脱ぎ、背中に一城を憑依した二人羽織の体勢で、リビングへと移動する。

「一城さ、いま頭が回ってねーだろ。眠すぎて」

「……イライラする。眠すぎて」

「だろうな。感情の流れが滅茶苦茶だぞ。寝落ちする前にシャワー浴びとけ。アスファルトで寝たんだから」

バスルームへと押しやるが、首に巻きついた長い腕は外れないどころか、日向太を道連れにしてしまう。

自分のTシャツを脱ぐより先に、なぜか日向太がシャツを脱がされ、抵抗する間もなくパンツ一枚にされた。なんだなんだ、どういうことだ。

「俺じゃなくて、お前に入れって言ったんだけど」

「一緒に入るから」

「……はい？」

入りませんか？　というお誘いではなく、入るから、と強要するに至る感情の流れを、まず知りたい。

ぽかんとしている日向太の前で、さっさと一城が服を脱いだ。この近距離で、鍛え抜かれた肉体美を目の当たりにし、圧倒されて思考が飛ぶ。

見惚れている間に、最後の砦を足首まで下ろされた。あっ！　と思ったときには、トンッと胸を押されてバスルームの中に立っていた。

「縫った肩が、まだ痛むんだ。入院してからずっと、うまく体を洗えていない」

「……そうなのか？」

「だから洗うの手伝って。今日はまだ、俺のハウスキーパーだよね？」

おっしゃるとおり今日はまだ、一城のハウスキーパーだ。手伝えと命じられたら、頷かないわけにはいかない。

わかったと承諾し、バスタブの縁に一城を座らせた。なぜならバスチェアは低すぎて、却って洗ってやりづらいからだ。一城の眼下に自分の股間を晒してしまうのは、立ち位置的に仕方がない。

案の定、一城がそこをガン見している。同性でも、ブツを見られるのは恥ずかしい。それも、こんな近距離で。

「……お前がパンツを脱がすからだ」

「脱がすから、なに？」

「なにって、このハズい状況の原因だよ」

「一緒にシャワーを浴びれば、ヒナだって早く休めるだろ？　一石二鳥じゃん」

「そりゃそうだけどさ」

羞恥は別問題として、たしかに一秒でも早く一城を休ませたい。問答は無駄だ。

「高校の卒業旅行で、みんなで温泉に入ってる設定でいこうな」

意味づけをしてシャワーヘッドをつかみ、湯の温度を調節する。適温になったところで一城と自分をまとめて濡らし、シャワーヘッドを一城に持たせた。自分はシャンプーを手にとって泡立て、まずは本日の主役の髪を揉み洗いする。

頭皮のマッサージも兼ねると、一城が表情を綻ばせた。

「あー、すげー気持ちいい」

「だろ？　首のうしろの、疲労回復のツボを押してやるから俯いて」

「うん。……ヒナ最高」

いつもの調子を取り戻した一城が、なにを思ったか、ふいに日向太の前を指で突いた。

腰を引き、「つつくな！」と睨むが、一城は悪びれる様子もなく、人さし指でチョイチョイと揺らしてくる。

「やめろ、バカ」

「だって、目の前にぶら下がってるから。……ヒナの、可愛い」

「可愛いとみせかけて、バズーカ砲だ。気安く触れると痛い目見るぜ？」

クックック……と悪役っぽく笑ってやると、「バズーカになーれ」と逆に呪文をかけられた。エセ呪文ゆえ、効き目はない。

「ねぇヒナ。いまバズーカの照準、俺にセットして」

「無理。いまバズーカは弾切れだ」

「……弾、充填してあげようか？」

馬鹿げた問いはスルーして、「はい、バンザイ」と促すと、一城が素直に両手を挙げた。あとは腕や脇を、ボディブラシでワシャワシャと洗ってやる。

「馬、洗ってる気分。洗ったことねーけど」

「ボディブラシ痛いよ。掌で洗って」

ブラシを奪われてしまい、仕方なく掌に泡のボディソープを盛る。そして頬や首、鎖骨や肩を掌で擦り、痛々しい縫合痕は指で優しく揉み洗いした。

そうしている間、一城はずっと日向太の体を眺めている……と思われる。

「……ヒナ」

「なに」

「勃ってるよ、乳首」

「……お前もじゃん」

胸筋を洗うついでに、縫合痕と似た色をしている乳首に触れてみた。一城の胸筋がピクリと動き、みごとな肉体が、より引き締まる。

「いま、どうして触ったの？　ヒナ」

「前にやられたから。仕返し」

「……ヒナ」

「なに？」

「そこだけ？」

「なにが？」

「…………」

手首をつかまれ、もこもこした泡が集まる股間へ導かれそうになったが、そこは軽く抵抗してＮＧを出した。一城の手からシャワーヘッドを受けとり、顎で促す。

「泡、流すぞ。目、閉じろ」

「閉じたら、ヒナが見えない」

「見なくていいよ。閉じろって」

「いやだ」

「……しゃーねーな」

素直に従わない一城が可愛いくて、可笑しくて、早々に折れてしまった。

バスタブの縁を跨ぎ、一城のほうを向いて座る。

そして手を伸ばし、一城の頭を引き寄せた。

だって、キスをするときは誰でも、自然に瞼を閉じるだろ……？


一城の肩や胸を流してやりながら、ずっと唇を合わせていた。日向太と向きあうようにしてバスタブの縁を跨ぎ直した一城が、腰に両腕を回してくる。

「俺の腿に乗って。跨がってよ、ヒナ」

「……股開いて、お前の太腿に座れってこと？　位置的にヤバくね？」

「でも、キスしやすくなるから」

返事の代わりに腰を浮かせ、一城の望みどおりにした。もこもこした泡がそこに集まって全容は不明だが、互いの形が変化しているのは、触れあう感触で、すぐにわかった。

「なんか、すげー卑猥（ひわい）」

「そんなことないよ。これが俺たちのベーシックフォームだ」

「んなわけねーだろ。くっつきすぎだっつーの」

「ヒナとくっついてると、落ちつくんだもん」

「……落ちついてねーじゃん、ちっとも」

ここは、と軽く腰を揺らして、互いの脚の間で存在を主張するそれを示した。「生理現象だよ」と開き直った一城が、ヒナも、と共犯に仕立てあげる。

そして、泡だらけのそこに手を添え、二本まとめて優しく包む。

「ん……っ」

固くて大きな一城の手で丁寧に揉まれ、日向太は浅い息を吐いた。やられっぱなしは性に合わないから、一城の胸を撫で回しながらキスを施す。

「ヒナ、すごく……じょうず」

「……練習の成果」

洗われるのも、洗ってやるのも、どちらも同じくらい心地いい。キスしながらだと尚更だ。甘い刺激が体を巡り、腰が自然に揺れ動く。

「ヒナ……」

「ん？」

「気持ちいいね」

「……うん」

「うしろも、洗ってあげるね」

「うしろ?」

「尻の窪み」

一城の太腿に跨がって、大きく脚を開いているから、日向太のそこは無防備だ。

背後から日向太の尻に回りこんだ手が、その部分に触れたとき、あ! と悲鳴をあげてしまった。

中指だろうか、指の腹を押しつけられて、初めての感触に下半身が疼いた。

「ヒナの、ここ……」

「……ここが、なに?」

「この中って、どんな感じかな」

一城は、最初からそうだった。

高校一年の九月上旬。日向太の弁当をつまみ食いしたときから、一方的に振り回すような顔をして、そのじつ日向太の共鳴を確かめてから、行動に移してくれた。

決して強引なわけではなかったと気づいたのは、一城が高校を去ったとき。

最初から、そういう関係だった。一城がなにか求めるときは、おそらく日向太も無意識にそれを望んでいた。一度も言葉にはしなかったが、それは暗黙の了解だった。

「……ねぇヒナ。ヒナの中に俺を挿れたら、どんな感じかな」

だからいま、この体のどこに触れられても、なにをされても驚かないし、戸惑わない。そうだよな、こうなれば、そうくるよな……と、流れは明確に理解している。

「挿れたことも、その逆もねーから、わかんね」

挿れたら嫌か？　と訊かれれば、嫌だと返す選択肢もある。でも、どんな感じかなと訊かれれば、わからないと答えるしかない。

「だよね。やってみないと、わからないよね」

なかなか巧みな誘導だ。「共演者」の気持ちを引きだすセンスは抜群で、さすがは俳優だと感心する。新宿の雑踏で一城をスカウトした佐久間は、見る目がある。

「俺は、挿れるほうを練習したい。だからヒナは、逆でいいよね」

「それは、さすがに狡くね？　……ぁっ」

押しあげられて、身が竦んだ。「まだ挿れてないよ。それにこれは中指だから」と潔白を主張した一城が、日向太の唇に舌を這わせる。

「無理そうだったら、言って。すぐやめるから」

緊張して収縮するそこに中指を押しつけたまま、ね？　と同意を求められた。

どうして自分は逃げないのだろう。どうして怒らないのだろう。

おそらく、拒んだり恥ずかしがったりする時間が無駄だと知っているからだ。

思考に時間を費やしたところで、結論は、同じだから。

「……やめろって言ったら、すぐにやめるんだな？」

やめるけど、と一城が言葉尻を拾って言い訳する。

「他の方法は、試すから。逆にヒナが、やめないでくれって俺に縋りつく方法を探し当てないと、練習の意味がないじゃん」

「……お前は芸能人だから、こういうの、外では練習できないもんな」

知った口を利いてやったら、「うん。だからヒナで研鑽を積まないと」と当然のように言った一城が、日向太のそこを、指で押し広げようとしたから――。

調子に乗る演技派俳優の、広い額をデコピンした。

「……えっ？」

なんでデコピン？　と目を丸くされ、あーあ……と日向太は肩を落とした。

「この期に及んで、まだ芝居を続行するのか、東郷一城は」

「……え？」

そんなふうに、大型犬が飼い主にお預けを食らったような顔をするから、よし、と許してやりたくなるのだ。

日向太はもう一度ため息をつき、一城の目を覗きこんで苦笑いした。

「この芝居も、今夜でクランクアップにしようぜ」

バレてた？　と訊くから、バレバレ、と肩を落として鼻で笑った。

驚愕顔で日向太を見つめ、「なんで……？」と呟き、呆然とする。

一城が目を瞬いた。

「一五一七」

「……ロック解除の暗証番号が、なに？」

「出席番号一五は、小森日向太。一七は、西藤一城」

目と口を真ん丸に開き、一城が静かに驚愕した。

「……いつ気づいたの、ヒナ」

「言われてすぐ」

「……マジ？」

「ああ。もしかして……と想像したら、お前の行動全部、辻褄が合った。俺みたいな素人に見抜かれる程度の演技では、東郷一城の名が廃るな」

「……ヒナ、知ってて芝居につきあってたの？　なんで？」

「なんでって、見りゃわかるだろ」

見れば一発でわかる互いの変化に顎をしゃくったら、「だね」と一城が降参した。

一城と弁当を食う時間は、俺にとってはデートだったよ、と。

だから日向太も、正直に返した。

差し向かいで弁当を食うたび、ヒナへの恋を確信した、と。

一城が苦笑で白状する。

体中の泡をシャワーで流し、バスタオルで体を拭きあった。

髪の水滴を拭いながら、何度も唇を啄みあった。一城がバスタオルを広げ、日向太を包み、横抱きにする。そして「もう我慢できない」と焦燥を口にし、寝室へと急ぐ。

左肩の縫合痕が目に入り、「お前、肩は？」と一瞬焦るが、痛むという話も演技かと察し、頼まれもしないのに寝室のドアを開ける役を引き受けた。

連係プレーだ、と一城が笑う。

脚でドアを閉めた一城が、大きなベッドに日向太を下ろす。覆い被さってくる頑丈な体躯を受け止めながら、「なぁ」と訊いた。「ん？」と生半可な返事をした一城が、早速首筋を強く吸い、「キスマーク」と無邪気に喜ぶ姿は、ただただ愛しい。

「ヒナの体を俺のキスマークだらけにしたいって、ずっと夢見てた。体中に俺の痕がついていたら、誰もヒナに手を出せないじゃん？」

「そんなことしなくても、誰も手なんか出さねーよ」

「そう思ってるのはヒナだけ。俺はヒナが目の前にいたら、キスせずにはいられない」

「……だからそんなのは、お前だけだって」

「高校んときの弁当だって、俺にとってはヒナとのスキンシップの一環だった。向かい合わせで、一膳の箸で食いあうことは、俺にとって……」

「疑似キスだった？」

自分もうっすら感じていた当時の気配をストレートに告げると、一城が無言で認めた。

ときめきや、後ろめたさや、高揚感が複雑に絡みあった青春時代。

邪な気持ちごと整理して、綺麗なまま保管しておくのもいいけれど、思いがけず再会を果たせたから、改めて探りたくなってしまった。

あのとき、どんな想いだった？　そしていまは、どんな気持ち？　と。

本音が知りたくて、でも方法がわからなくて、訊けなくて、できれば察してもらいたくて、ずっと、ずっと、流されるふりをした。

「もともとは、そんなつもりじゃなかったんだ」と、一城が言った。「最初は単純に、ヒナの容姿に惹かれたんだ。かっこよさと可愛らしさのバランスがいいなって。カメラ映えする容姿だなって、同業者視線で興味を持った」

「……ハズいから、やめてくれ」

ヒナは最高に魅力的だよと、鼻の頭にキスされたが、それは単純に一城の欲目だ。そもそも大根がカメラ映えするとは思えない。

「ヒナは教室で、いつもひとりだった。でも全然寂しそうじゃなくて、逆に自立していて格好よかった。格好いいキャラを必死で演じていた俺は、自然体のヒナに憧れた」

憧れ？　と本気でビックリした。うん、と一城が当時の顔で目を細める。

「そのうえ俺は根っからの甘えたがりだから、ヒナに甘えたくて仕方なかった」

しょっぱなから全開だったなと呆れて返したら、当時はまだまだ序の口だよと、下唇を甘噛みしてくるから……うん、たしかに当時は、いまと比べりゃ序の口だ。

「再会してからのお前って、もともとの依存体質に加え、独占欲と支配欲のターボエンジンを搭載したみたいな状態だもんな」

呆れて苦笑する間にも、首筋や肩や鎖骨に、一城が痕をつけてゆく。

「だって俺、ずっとヒナを……好きだったのに、勇気がなくて、告白できなかったから」

やっと白状した一城の声が、目が、かつての教室での姿と重なる。

あのころの声は、視線は、途切れることなく現在まで繋がっていたのだ。

「滅多に笑わないヒナが、俺の前では笑ってくれるから……ヒナも俺のこと好きだよねって、俺はヒナの特別だよねって、確認したくてたまらなかった」

「俺もだよ。俺は、一城にとって特別なのか？　って。でも、お前は芸能人だから」

「芸能人だから、なに？　芸能人だから最後の日、俺を突き放したの？」

最後の日？　と訊いたら、「俺に弁当箱を押しつけて、教室を出て行った日」と、そんな昔の青すぎる瞬間を、泣きそうな目で責められても……。

「あの瞬間、ヒナに捨てられたと思った。もうお前なんか要らないって言われた気がして……佐久間さんの車の中で、泣きながらあの弁当、食ったんだ」

そっか……と静かに反省した。親の離婚、叔母の家での疎外感。自我を抑えた芸能活動。いくつも重なって苦しい十代だったよな……と、いま全部、理解した。

捨ててねーし、と頰にキスした。逃げずに、ハグで祝福してやればよかったな。

「俺たち、ふたりとも経験値が低すぎて、伝える勇気も、術も、なかったんだよな」

ごめんな……と謝ったら、許す、と涙声で返されたから、笑ってしまった。

「俺、ヒナと再会するときは、ブレイクした姿で登場するって決めてたんだ。グル弁のロケで、ダブルガンの宣伝ひっさげて意気揚々と会いにいったら、食わなくていい！　って叱られて、相変わらずヒナのほうが強くて。かっこいい俺が、一瞬で砕け散った」

その言い草に噴きだしたが、一城が笑っていないから、ごめんごめんと真顔に戻す。

「アレはコメントに対する怒りであって、ブレイクしたお前は……超かっこいいよ」

「でも俺、やっぱりヒナの前に立つと、ヒナに甘えたくなってしまって、全然自立できてねーのが情けなくて、でも、もう離れるのは無理で、だから練習って言い訳して……」

プツッと言葉を切った一城が、「俺、すごくかっこ悪い」……と、鼻を啜った。

肩口に伏せている顔を両手で起こしてやり、「うん」と認め、「でもな」と返した。

「そういうお前に、俺は恋をしたわけだよ」と、一城の悩みを軽くしてやった。


最初に一城が手でイかせてくれたから、ずっと気持ちいいばかりだった。

唇や顎、首筋や鎖骨、乳首や脇腹、腕、腰骨、ヘソ……。キスは体中を移動するくせに、日向太のそこを扱く左手だけはポジション死守だから、生まれて初めて自分以外の手に射精させられても、大きな戸惑いはなかった。

「……イく瞬間のヒナの顔、見たかったんだ、ずっと」

「そっか……」

「少し苦しげで、恥ずかしそうで、でも気持ちよさそうだった、すごく」

「うん……、気持ちよかった。すごく」

「そんな顔、俺以外に見せちゃダメだよ、ヒナ」

「……見せるときねーし」

「俺だけには、いつも見せて。それこそ毎日。今夜は……そうだな、明日の夜まで」

丸一日という恐ろしい予告をした一城が、日向太の窪みをそれで濡らす。手がぬるぬるだと笑う一城の代わりに、日向太はベッドサイドに手を伸ばし、コンドームの箱を手にした。ひとつ取りだし、外袋を開封する。

「……ここにあるって、知ってたの？」

「部屋の掃除してたら、目に入った」

「女、連れこんでるって誤解した？」

「しねーよ。女を連れこむ部屋に、俺を住まわせると思えねーし。だから……」

だからなに？　と唇を噛みながら訊かれ、「自慰もしくは、近いうちに俺たちが使うのかなと思った」と返したら、鼻の下を伸ばした一城に、口の中を舐め回された。

「ヒナと再会した次の日に、買ったんだ」

「買いにいったのか？　お前が？」

「ううん、佐久間さんに頼んだ」

衝撃すぎて、危うく一城の舌を噛むところだった。

「佐久間さんは知ってるのか？　その、俺たちのこと……」

「俺たちのっていうか、俺の気持ちは知ってると思う。ブレイクするまで素を出すなっていうのも、俺の性癖を見抜いていたからだと、いまは思う。だからヒナとの仲は、社長も佐久間さんも驚かないよ。むしろお墨付きで歓迎だ」

「歓迎？　なんで？」

「外で暴れて写真週刊誌にすっぱ抜かれるより、この密室でヒナに溺れているほうが、翔プロとしては安全だから」

そうか、と納得していいものかどうか。ただ、そのときどきの佐久間の配慮を思い返せば、ふたりの仲を歓迎しているという解釈は、当たっているような気がする。

まぁいいやと苦笑して、「来いよ」と一城を指で呼ぶ。

日向太の胸を跨いだ一城の、逞しい両脚の付け根で反り返るそれにコンドームを押しつけ、根元まで伸ばして包みこむ。メガＸＬでこのフィット感は、同性として負けた気がする。たぶん日向太はＭサイズだ。

逸物のサイズは敗北でも、気持ちは日向太が、やや優勢。なぜなら……。

「ヒナ……っ」

「うん、なに」

「まさかヒナに、こんなことまで、してもらえるなんて……っ」

鼻血はヤメろよ、鼻血は！　と引き気味に警戒すると、一城が両手で鼻を押さえた。

「役割的に、お前に装着してもらわねーと、あとで俺が困りそうだから」

具体的すぎる……と顔を真っ赤に染めた一城が、日向太を俯せにするやいなや、「ごめん、もう無理っ！」と叫び、背後から抱きついてきた。


太くて長い指で解(ほぐ)され、自分のそこが、思いのほか柔軟だったことを知った。

弄(いじ)られて初めて、自分のそこにも感覚があるのか……と、当然のことを発見した。その奥に触れられると、妖しい気持ちが体いっぱいに広がることも学んだ。そして……。

「く…………────っ」

日向太の体の中心を押しあげる質量と、圧倒的な存在感に、内側の形が変わってゆく。

「く、あ……っ」

カット！　と叫んでリテイクを促すとか、台本を一部変更とか、そんな余計なことには気が回らなかった。体への衝撃が半端なくて、なにも頭に浮かばない。

「ぁあっ、あっ、あ、あ……っ」

「ヒナ、逃げないで。我慢して」

腰を揺らし、一城が荒い息を弾ませる。その熱い息が耳にかかり、肌に触れるたび、指先までゾクゾクして、いま一城が攻略しようとしている箇所が、激しく疼(うず)いた。

「ヒクヒクさせてるの、わざと？　それとも無意識？」

エロいんだけど……とからかわれ、「わざとやる余裕、あるわけねーだろ！」と憤慨したら、一城が腹を揺らして笑ったから、震動にヤられて膝から崩れた。

日向太の腰に腕を回して元の体勢に戻してくれた一城が、「もう少し頑張って、腰をあげて」と無責任な要求をする。そのうえ「抜けちゃったから、最初からね」と冷酷にリテイクを告げ、さらにしっかりポジションをとる。

「腰、もう少し高く突きだせる？」

「この……くらい？」

「うん、いい高さ。ありがと、ヒナ。……俺が入っていくの、わかる？」

「わかる、けど、くる、し……っ」

「うん、苦しいよね。でも、ヒナのここは、喜んで俺に吸いついてくるよ」

自分の状態を教えられたら、一度放って萎れていたそこが、易々と復活した。

日向太の肩に顎を乗せていた一城が、利き手を前へずらし、中心に指を巻きつける。

扱かれながらうしろを出し入れされ、出したくもない喘ぎ声が喉の奥から飛びだして、ますます日向太を羞恥に追いこみ、一城をどんどん調子に乗せる。

「ヒナ、いい声。そういう声……ずっと、聞きた、かっ……、ぅんっ」

「お前も……、声、やらしい」

「ヒナのせいだよ。責任とって」

それは俺のセリフだ……と返しかけ、慌てて言葉を呑みこんだ。そんなことを言おうものなら、「一生かけて責任をとる」とかなんとか言われかねない。

「俺さ、ヒナ。ダブルガンのオーディションのとき、ヒナの弁当箱持参で行ったんだよ。前日にコンビニの総菜買って、出発前に、それらしく詰めて」

「……マジ？」

「うん、マジ。手が震えるほど緊張してたから、ヒナと弁当食ってるつもりで、リラックスしようと思って。……少年漫画のヒーロー役、絶対につかみたかったから。ヒナとの約束だったから」

うん……と、感極まって頷いた。一城はすごい、と全力で褒めた。

こいつのことが大好きだと、改めて思った。いま、ものすごく一城を抱きしめたい。

まるで心を読んだかのように、「繋がったまま仰向けになれる？」と訊かれた。

それは無理、ひとまず抜け、と懇願した直後、抜かれるときもヤバイんだった……と気づいて止めようとしたが、手遅れだった。

抜かれ、仰向けにされ、すぐ押しこまれ、この動作だけで日向太は二度も放った。

「死ぬ……っ」

「なに言ってんの。これからふたりで生きるんだよ？　ずっと一緒に」

「……だな」

向きあって、互いの首に腕を回して、腰を揺らしながらキスを求めた。

体が、一城の形になる。

何度も、何度でも。

きっと、ずっと、これからも——。

「お前、俺がＬＵＮＣＨ ＢＩＸで働いてること、知ってたんだよな？」

質問したら、わかりやすく一城が動揺した。今後互いの間でなにか問題が勃発したら、このネタで脅してやれそうだ。

ベッドで仰向けになり、情事の余韻に浸りながら、じつは……と一城が白状する。

「年末だったかな。たまたま出たロケ弁が、ＬＵＮＣＨ ＢＩＸの真・唐揚げ弁当だったんだ。この味は絶対ヒナだと思って、すぐ佐久間さんに頼んで、ＬＵＮＣＨ ＢＩＸに偵察に走ってもらって……隠し撮りの動画にヒナが写っていたから、嬉しくてマジ泣きした」

マジ泣きしたと白状されては、隠し撮りの罪は不問にするしかない。すぐに飛んでこなかった理由は、ダブルガンの撮影中だったから。……それも、すんなり納得だ。

「渋谷へ越した理由も、ヒナの大学に近いから。映画出演の報告のために高校へ挨拶に行って、元担任からヒナの通う大学やキャンパスを聞きだした。ストーカーみたいなことして、ごめん。……てか、俺ばっかり手札を晒すの、不公平じゃない？」

日向太の首の下に右腕を差しいれ、頭を抱き寄せてくれながら、「ヒナもなにか、カードねーの？」と催促され、隠しておくつもりだった手札を開示した。

「一度しか言わねーから、耳の穴かっぽじって、よーく聞け。……奥学院大学を受けたのも、六本木でバイトを探したのも、テレビ夕陽に近いからだ。理由はひとつ。一城が初めて出演したドラマが、テレビ夕陽だったから。以上」

「……えっ」

「さすがに家賃が高いから、六本木に住むのは断念した。でも、少しでもお前を身近に感じたくてさ。バイト先がＬＵＮＣＨ　ＢＩＸだったのは本当にラッキーで、運命だったと、いまは思う。……シンプルだけど、これが俺の、唯一かつ最強の手札だ」

たしかに最強だ……と呟いて日向太のこめかみに押しつける唇は、ちょっと嬉しそうに震えている。

「……泣くなよ？　こんなことくらいで」

「泣いてないよ。泣きそうなだけ。表面張力で堪えてるとこ」

……高校三年の教室の、あの突然の別れ以来、日向太の心には穴が開いていた。

その穴を閉じたくても、一城の代用はどこにもなくて、別の恋を探そうにも、無駄なことは最初からわかっていて、だからなにもかも諦めて、無気力の極みを浮遊していた。

ＬＵＮＣＨ　ＢＩＸで弁当を作り続けていれば、いつか一城が訪ねてきてくれるのではないかと、それは無理でも、近くを通りかかるのではないかと、夢みたいな偶然と妄想を支えにしていた。有り得ない夢を見続けることで、心の空白を埋めていた。

「……ラッキーなことに、唐揚げを任せてもらえるようになって。そしたら、急に欲が出た。もし一城がコレを食ったら、俺だって気づいてくれるんじゃね？　って」

どうしてあの場所から離れたくなかったのか、本当の理由が、いまわかった。

こんなにも自分が一途で臆病だったことを知り、情けなさに声が震える。

「大学四年になって、いい加減に就活しなきゃヤバいと思ったけど、でもここから離れたら、俺の存在に気づいてもらえる手段を失うと思って、どうしても動きだせなかった」

「気づいたよ、ヒナ。すぐにわかった。だから俺、ヒナを迎えにいっただろ？」

あそこで待っていてくれて、ありがとう――――。

そんなふうに言われ、頬に手を添えてキスされたら、長く就活に踏みだせずにいた自分の情けなさもなにもかも、結果オーライでチャラだ。しぶとく居座ってしまい、店長には大変申し訳なかったが、迎えを待っていて正解だったと思いたい。

だから……と、日向太は話の過程をすっ飛ばし、結論を口にした。「車の免許を取ったんだ」と。

いつ？　と一城が目を丸くする。

「お前が由比ヶ浜からタクシーを飛ばして帰ってきた日、あっただろ？　あの翌日、すぐに自動車教習所に申し込んだ」

二週間で取れたと伝えたら、「ヒナって天才！」と驚愕され、そういう短期コースがあるんだよと、速やかに天才の称号を返上した。

「でも、どうしてまた急に。あ、ダブルガンに触発された？」

「ダブルガンっていうか、お前にな。てか、同居のおかげで家賃が浮いたから、その金を自分に投資したんだ」

「……このまま同居を継続すれば、もっと投資できるよ」

「まぁ、お前が迷惑じゃなければ」

「……────っ」

突然、一城が膝立ちになった。そして枝に飛び移るモモンガのようにタオルケットを広げ、ガバッとしがみついてきた。

「迷惑なわけないじゃん！　同居継続、はい決まり！　だったら寝室も一緒にしよ！　本格的に同棲しよ！　毎日ハグして毎日キスして、毎晩セックスしようね、ヒナ！」

腰をグイグイ押しつけられ、はいはい……と肘で顔を押しのける。

「もうヒナ、翔プロに就職すればいいじゃん。それで、俺のマネージャーになって。そしたらマジで二十四時間、三百六十五日、一緒にいられる」

嬉々として言われ、えーと……と視線を泳がせた。黙っているのは難しそうだ。

「あのさ、一城」

「うん、なに?」

「前に、都心暮らしに車の免許は必要ないって言っておきながら、今回免許を取った理由は、就活のためなんだ。タレントの送迎に、免許は必須だと思ったから」

「タレントの……送迎?」

「じつは免許を取得した一昨日、翔プロに履歴書を送ったんだ。マネージャー志望で」

えええぇーっ! と一城が叫ぶであろうと想定して、一城の口を手で押さえた。案の定、大きな目をさらに剥き、モゴモゴとなにか騒いでいる。

「なにが言いたいか想像はつくけど、お前や佐久間さんを経由したくない。そんなことしたら、採用不採用どっちに転んでも、自分の力を信じられず、誰かのせいにしてしまう」

滑りやすいソックスのせいにしたくないんだ、と真顔で訴えたら、一城の動きがピタリと止んだ。そして、口を封じていた掌に口づけてくれた。理解が早くて、ありがたい。

「ここの住所ではバレるから、実家の住所を記載した。結果が出るまで他言無用な」

わかった、と頷いてくれた一城の背を撫で、さらに話を未来へ向ける。

「話が飛び飛びで悪いけど、俺、卒論の方向性がやっと決まったんだ。お前が頑張っている間に、俺もちょっとだけ頑張って卒論の草稿作って……卒論担当教官と面談して、OKもらった。心の穴が埋まったおかげかな、書きたいことが湧いてきたのは」

書きたいことって、どんなこと？　と、一城が目を瞠る。一城の顔を両手で挟み、怒るなよ？　と前置きし、機嫌をとるためにキスをひとつ。デレッと一城の目尻が下がる。

「SNSに見る現代社会の承認欲求と、コミュニケーションの遷移」

「……ごめん。一度では理解できない」

今度は一城からのキス。だから日向太も、もう一度キス。

喜びや興奮を言語処理できないときは、キスに走るのが手っ取り早いと学習したから、さあ大変。これからの同居生活は、キスの応酬になりそうで怖い。

「俺自身も明確には理解できていない。まだあやふやだし。ただ、お前と再会してから気づかされることや感じることがたくさんあって、いい意味で刺激を受けたんだ」

「……俺、ヒナの役に立ったってこと？」

役に立つどころか起爆剤だと返したら、顔をぶつける勢いで唇を押しつけられた。

なんだかもう、キスばかりしている。差し向かいで弁当を食っていた青春の延長のようでもあり、会わずに過ごした年月分を埋めている気分でもあり。

　要するに、一城と出会ってから、ずっと楽しい。

「一城を見ていて感じたのは、同じ承認欲求でも、俺たち一般人がＳＮＳに投稿する感覚とは少し違って、他者を演じる中で、自己を表現する手段を確立させているのかとか、そうじゃなくて、じつは俺たち一般人も、ＳＮＳ上では俳優なのかもしれないとか」

「……意味不明だから、キスしまくっていい？」

「うん。俺もまだ意味不明。……だから俳優は、真の自分を見せたくないのか、役に隠れた自分を見てほしいのか、どっちだろうって。視聴者に委ねたり依存したりする、駆け引きのような感情とか。心理構造との比較や関連性で掘り下げようと思ってる。……お前と池上からヒントもらった」

　日向太がしゃべっている間、ずっと顔中にキスを施していた一城が、ふいに止まった。顎を引き、眉を寄せる。

「池上って誰？」

　なんだその顔。マジで覚えてないのか、コイツ。

「高校んときのクラスメイト」

「そんなヤツいた？」

「いた？　と訊く前に、お前、クラスメイトの名前、五十音順に言ってみ」

「……あー、アダチ？　イノキ？　ウサミ？」

「そんな名前のやつ、いねーし。てか、せめて池上は言ってやれ。で、続きは？」

「えーと……、小森日向太」

それみろ、と睨みつけ、枕元のスマホに手を伸ばし、「コイツ」とスクショを見せてやったら、一城の目尻が吊りあがった。

「――なんでヒナ、他の男の肩抱いてツーショット撮ってんだ」

「なんでって、ダブルガンを観たあと、たまたま会ったから。池上も観たってさ。すごいって感動してたぜ？」

う、と詰まった一城が賛辞を横に押しのけ、でも！　と食い下がる。

「ベッドで、他の男の名前を口にするんじゃねーよ」

脅し口調に、「は？」と声が裏返る。

「なんだそれ。まさか嫉妬？　池上に？　お前、バカじゃね？」

声をあげて笑ったら、「もーっ！」と一城が憤慨し、ギューッと抱かれてキスされた。

「池上と俺と、どっちが好きか言って」と、どうでもいい駄々をこねられ、可笑しすぎて腹筋が捩れる。

「俺のほうが好きって、そこは即答する場面だろ？　やり直し。テイク２！」

「そもそも好きでもないヤツと、マッパで抱きあわねーし」

「カット！　そうじゃなくて具体的に言って。はい、テイク３！」

笑いすぎて、ムードがどこかへ吹き飛んでしまった。仲が良すぎるのも問題だ。

だから日向太は、好きだよと答えた。しっかり目を見て、大根なりに、感情豊かに。

「昔から俺には、一城だけだ。ひとつの弁当を分けあった瞬間から、お前ひと筋」

ＯＫ？　と訊いたら、泣きそうな顔で告白された。愛してる、と。

ヒナは？　と訊かれ、俺も、と素直に返したのに。

「そこは、『愛してる、しか言えない』って、ドラマのタイトルで答えるのが筋」

……と、プロの顔で叱られた。

おわり

あとがき

こんにちは、綺月陣です。あとがきの最初にお詫びします。ごめんなさいっ！

唐突に甘々スイッチが入ってしまい、大暴走しました。これセシル文庫だよね？　と何度もレーベルを確認した読者様、何人もいらっしゃるのではないかと。こんなにも皆様の感想が怖くて震えあがる作品は近年ございません。……ガクブル。

業界モノとか書けたら楽しいだろうなぁと、ずっと、うっすら思っていました。

初めてテレビに出たのは大学時代、三重県の居酒屋のＣＭでした。初めてのラジオ出演は二十代後半、名古屋のジャズ番組のゲストでした。東京へ転居してからは、何度かＣＭのオーディションに駆りだされ、ラジオドラマやテレビ番組の収録にも参加しました。

これらの体験を創作に生かさないのは勿体ないと思いつつも、それを書くタイミングに恵まれず、自身もプロットを立てられずに過ごしました。ここへ来てようやく、それらしいものを上梓できた次第です。ラブに走りすぎて、全然業界っぽくないかもしれません。

それでも、端っこや隅っこの雰囲気だけでも伝わるといいな。

プロット段階での東郷一城は、ここまでデレではありませんでした。どちらかといえば日向太より頼もしくて大人だったのに、こんな謎キャラに育ってしまい、書いた私が困惑です。日向太が予定よりクールに仕上がったので、バランス的にはベストかも。

一城とヒナが好きすぎて、この作品を書き終えてすぐSSを一本書きあげました。萌えは留まるところを知らず、続編のプロットも立てました。商業で出せる機会はないとわかっていても「ふたりの先」を知りたい、見たい。作者としてより読み手として、このふたりに萌え転がっております。創作って、本当に楽しい！

イラストは、みずかねりょう先生。初めて組ませていただき緊張の極みです。甘々シーンの連続に困惑されていらっしゃらないことを祈ります。両手いっぱいの感謝を！

綺月比・糖度高めの作品です。皆様のお好みに合いますように！

二〇二三年　師走吉日　　綺月 陣

セシル文庫をお買い上げいただき、ありがとうございます。
この本を読んでのご意見・ご感想・ファンレターをお待ちしております。

☆あて先☆
〒154-0002　東京都世田谷区下馬6-15-4
コスミック出版　セシル編集部
「綺月 陣先生」「みずかねりょう先生」または「感想」「お問い合わせ」係
→EメールでもOK！　cecil@cosmicpub.jp

ランチボックスに恋(こい)を詰(つ)めよう

～ ツンデレ俳優、唐揚げ最強伝説 ～

2024年２月１日　初版発行

【著 者】　綺月 陣(きづきじん)
【発 行 人】　佐藤広野
【発 行】　株式会社コスミック出版
〒154-0002　東京都世田谷区下馬 6-15-4
【お問い合わせ】　- 営業部 -　TEL 03(5432)7084　FAX 03(5432)7088
- 編集部 -　TEL 03(5432)7086　FAX 03(5432)7090
【ホームページ】　https://www.cosmicpub.com/
【振替口座】　00110-8-611382
【印刷／製本】　中央精版印刷株式会社

乱丁・落丁本は、小社へ直接お送り下さい。郵送料小社負担にてお取り替え致します。
定価はカバーに表示してあります。

ISBN978-4-7747-6533-4 C0193